福建海洋诗歌赏读

曾丽华　著

厦门大学出版社
XIAMEN UNIVERSITY PRESS

国家一级出版社
全国百佳图书出版单位

图书在版编目（CIP）数据

福建海洋诗歌赏读 / 曾丽华著. -- 厦门 ：厦门大学出版社，2025.6. -- ISBN 978-7-5615-9817-7

Ⅰ. I207.22

中国国家版本馆 CIP 数据核字第 2025YU1203 号

责任编辑　王鹭鹏　郑若琰
美术编辑　李夏凌
技术编辑　朱　楷

出版发行　厦门大学出版社
社　　址　厦门市软件园二期望海路 39 号
邮政编码　361008
总　　机　0592-2181111　0592-2181406(传真)
营销中心　0592-2184458　0592-2181365
网　　址　http://www.xmupress.com
邮　　箱　xmup@xmupress.com
印　　刷　厦门市明亮彩印有限公司

开本　720 mm×1 020 mm　1/16
印张　11.5
插页　1
字数　155 千字
版次　2025 年 6 月第 1 版
印次　2025 年 6 月第 1 次印刷
定价　55.00 元

厦门大学出版社
微信二维码

厦门大学出版社
微博二维码

前　言

　　21世纪是海洋的世纪,海洋文化是海洋强国建设的有机组成部分。党的十八大以来,习近平总书记高度重视我国海洋事业的发展,发表了一系列重要论述,阐明建设海洋强国的重要意义。2023年4月17日,福建省文化改革发展工作领导小组印发《关于进一步加强海洋文化建设的实施意见》,文件提出的主要目标是:到2025年,海洋文化成为福建省在全国有影响力的文化品牌,形成与我省基本建成海洋强省相匹配的海洋文化事业和产业体系;到2035年,福建省海洋文化建设在全国发挥示范引领作用,成为增强中华文明传播力影响力,展现可信、可爱、可敬的中国形象,推动中华文化更好走向世界的重要力量。

　　福建蜿蜒漫长的海岸线、星罗棋布的岛屿与丰饶的海洋资源,塑造了独特的海洋文化生态。福建海洋文学既是对海洋景象的描绘和认知,也是对海洋精神的传承和弘扬。福建海洋诗歌描写海洋环境与滨海风光,表现海防与海疆建设,反映渔民生活与海洋信仰文化,揭示闽人"向海而生"的生存智慧与精神密码,有助于我们认识海洋、经略海洋,树立陆海一体、人海和谐的海洋意识。

　　福建不仅是古代"海上丝绸之路"的起点,更是以诗为舟的文化港湾。本书选取从唐代到当代具有代表性的海洋诗歌进行赏读,了解历代诗作中的人—海关系,增进对福建海洋文化特质的理解。全书按照不同主题内容,分为五个部分进行编写。第一部分是福建海洋环境与滨海风光,第二部分是福建海洋渔盐生活,第三部分是福建航海与对外经济文化交流,第四部分是福建海防与海疆建设,第五部分是福建海洋民俗生活。各部分的诗歌依照通行做法，以时代先后为序，再按作家生年先后顺序进行编排撰写。

每一首诗歌的评析，大致呈现为作品原文、作者简介、注释、赏析几个部分，结构清晰。注释对古代诗歌中的地名、海洋风物、海洋信仰等知识进行简要说明，由于篇幅有限，语言朴实的古诗和现当代诗歌则不加注释。赏析部分是本书的重点，主要评析诗歌的主旨、诗句的内涵、作品的独特性或其在海洋文化史上的地位。

在编写过程中，我们以福建地方志、福建诗人的作品集为基础，对福建历代海洋诗歌进行搜集、整理和研究，挖掘诗作蕴含的历史文化和海洋文化。本书是目前第一部福建海洋诗歌的鉴赏读本，希望能为福建海洋文学研究提供丰富的文献资料。

本书用通俗易懂的语言评析福建海洋诗歌，通过对诗歌中地理文化与海洋意象的阐发，凝练福建诗歌中进取拼搏与开放包容并存的海洋精神。作为一本具有教育价值的普及读物，特别是对于青少年来说，它不仅能够提升人文素养，还能够激发其热爱福建、热爱海洋，增强爱国主义情感。

目 录

第一部分 福建海洋环境与滨海风光

第二部分　福建海洋渔盐生活

第三部分　福建航海与对外经济文化交流

第四部分　福建海防与海疆建设

第五部分　福建海洋民俗生活

第一部分 福建海洋环境 与滨海风光

　　本部分按照时间顺序,选取自唐代至今的海洋诗歌,涉及福州、泉州、厦门、漳州等地的海洋环境,聚焦福建海洋景观的壮美、滨海生活的诗意以及人与自然的关系。诗歌内容从欧阳詹笔下漳州营头亭的宁静晚景,到梁章钜在鼓山绝顶俯瞰海天相接的壮阔,从高栋笔下峤屿春潮的磅礴气势,到林骚眼中洛阳桥潮汐的壮阔奇观,从何乔远抒写安平桥的历史遗迹,到黄莲士描画鼓浪屿的和谐景致,以不同视角勾勒出福建沿海的自然风光,蕴含着深厚的人文气息。

晚泊漳州营头亭

欧阳詹

回峰叠嶂绕庭隅，[1]散点烟霞胜画图。

日暮华轩卷长箔，[2]太清云上对蓬壶。[3]

【作者简介】

　　欧阳詹（755—800），字行周，福建泉州晋江人，唐代文学家，是泉州地区第一个进士。欧阳詹性喜恬静，勤学好问，闻名乡里。贞元八年（792），欧阳詹与韩愈、李观、崔群、王涯等人同年及第，此榜时称"龙虎榜"。欧阳詹及第后即回泉州省亲。贞元十三年（797）前后，游历蜀地。四次参加吏部考试，方得为国子四门助教。欧阳詹全力参与韩愈倡导的古文运动，著有《欧阳行周文集》。在福建文学史上，欧阳詹是第一位有文集传世的作家。从他开始，福建文风才逐渐兴起，正如朱熹为欧阳詹所撰写的楹联所说："事业经邦，闽海贤才开气运；文章华国，温陵甲第破天荒。"现在南安诗山书院奉祀的就是欧阳詹与朱熹两位文人。

【注释】

　　1.嶂：大山。庭隅：庭院。

　　2.华轩：饰有文采的曲栏，借指华美的殿堂。长箔：长的竹帘。

　　3.太清：天空。蓬壶：蓬莱，古代传说中的海上仙山之一，即蓬莱山。这里指云的形状像是仙山。

【赏析】

　　欧阳詹非常热爱故乡，创作了许多关于福建风土人情和闽士行迹的诗篇。《晚泊漳州营头亭》描写漳州周围的山峦形势,从大处落笔,气象宏阔。营头亭在当时是交通要道。傍晚时分,欧阳詹的旅船停泊在漳州营头亭,他凭窗远望,远处的山峦晚霞与变化多端的云朵仿佛构成了一幅美丽的风景画。

首句以"回峰"二字形象地描绘了山峦的曲折回环,给人以深远和广阔的视觉感受;"叠嶂"则形象地展示了山峦的层叠起伏,给人以雄浑和壮美的感觉。这些自然景观与庭院相结合,构成了一幅远近错落的立体画面。"散点烟霞胜画图",将山水胜景与绘画艺术相媲美,表现了诗人对自然美景的赞美之情。这里的"烟霞"既是山水胜景的象征,也是诗人心中故乡的理想境界。接着,诗人通过描述华轩、长箔、云等景物,展现了落日熔金、高远辽阔的美丽景象。这些景物共同构成了一个超脱尘世的仙境,使人心生向往。蓬莱仙山是古代传说中的海上仙山之一,最后一句中的"对蓬壶"意味着诗人的心灵已经超越了尘世的纷扰,达到了一种超然的境地。

三山即事¹

龙昌期

苍烟巷陌青榕老,²白露园林紫蔗甜。³
百货随潮船入市,万家沽酒户垂帘。

【作者简介】

龙昌期(971—1059),字起之,陵州仁寿(今四川仁寿)人,世称武陵先生。曾担任国子四门助教,后改任秘书省校书郎等职。宋天圣元年(1023)应知州陈绛之请到福州讲学。他流传下来的诗作不多,却有两首与福州相关。一首诗歌是叙写福州市井商业繁华和海上贸易鼎盛的《三山即事》,另一首诗歌是《福州》,以质朴直白的语言描写福州景象。

【注释】

1.三山:福州城中有于山、乌石山和屏山三座山,因而称福州城为"三山城"。《八闽景物诗选》中此诗题目为《冶城》,"冶城"是西汉时福州的名称。

2.青榕老:由于老榕树的气生根形似须髯,有的版本作"青榕髯"。

3.紫蔗:一种表皮呈紫色的甘蔗。

【赏析】

宋元时期,与海洋相关的诗歌大量涌现。福建海洋诗歌内容广泛,有的反映渔民、船民的生活,有的反映福州、泉州、漳州等地的海港风貌、海上风光,有的书写海上经济文化交流,有的反映南宋末年东南沿海抗元的战争,等等。龙昌期的《三山即事》是一首富有浓郁地方色彩的诗篇,诗人以一个客籍文人的视角,描写北宋时期福州这座海滨城市的繁华盛景。

"苍烟巷陌青榕老",首句即带给人深邃的时空感,巷陌深处,老榕树随处可见。苍老的榕树见证了福州的岁月变迁。榕树是福州的标志性植物,其茂盛的枝叶和粗壮的树干,都象征着这座城市的生命力和活力。"白露园林紫蔗甜",则转向了对福州自然风光的描绘。到了白露时节,园林里的紫色甘蔗甜得诱人。紫蔗的特产,不仅丰富了福州的饮食文化,也成为诗人笔下的美好意象,给人以生活的甜美和宁静之感。接下来,"百货随潮船入市,万家沽酒户垂帘"两句则将视线转向了繁忙的市井生活。随着潮水的涨落,各种各样的货物通过船舶运送到这里,进入市场。最妙的是,千家万户的人们都会买酒饮酒,门户垂下门帘,门帘内的生活必定是有滋有味,令人羡慕。这两句诗生动地展现了福州海上贸易的繁荣景象以及百姓们富足安乐的生活。

福　州

罗　畸

山围碧玉神仙岛,地涌黄金宰相沙。[1]
丹荔熟时堆锦绣,[2]翠榕空里起龙蛇。[3]

【作者简介】

罗畸(1056—1124),字畸老,福建沙县人。宋熙宁九年(1076)进士,任福州司理,因得罪上司派来的使者而辞职返乡。翌年出任滁州刺史。后又应召出任太学录,任兵部郎中、秘书少监。崇宁年间(1102—1106),京都郊外的"辟雍"(太学的校舍)落成,朝官奉命作词庆典,罗畸所作居第一,进官一等,以右文殿修撰的身份先后出任庐州、福州知州。著有《芸阁秘录》《蓬山志》《洞霄录》《道山集》等。

【注释】

1.宰相沙:出自福州民谣"南台沙合,河口路通。先出状元,后出相公"。
2.丹荔:荔枝,夏令时节的水果。
3.翠榕:即榕树,福州城内曾遍植榕树,故福州别称"榕城"。

【赏析】

《福州》以优美的语言,写出福州的山势地形和著名的特产,将福州这座滨海城市的自然美景与人文底蕴完美地融合在一起。诗歌不仅展现了福州的繁华盛景和丰富物产,更深入挖掘了这座城市的文化底蕴和历史内涵。

首句"山围碧玉神仙岛",直接写出福州的山势地形和自然环境。以"碧玉"形容福州的山,形象地描绘出福州山峰的翠绿和秀美。"神仙岛"

是诗人赞叹福州山水如同仙境一般。第二句"地涌黄金宰相沙",以"黄金"形容福州,指出福州的丰富资源与富饶。借用福州民谣"先出状元,后出相公"的典故,突出有福之州的文化底蕴,意指福州这片土地上孕育着无数的英才俊杰,为社会做出卓越贡献。引用这一典故,不仅丰富了诗歌的文化内涵,也体现了诗人对福州这片土地的热爱和敬仰。第三句"丹荔熟时堆锦绣",指出荔枝以鲜美的口感和独特的香气闻名遐迩,是福州的特产之一。荔枝红艳欲滴的颜色与绿叶相映成趣,仿佛是大自然精心编织的锦绣,让人赞叹不已。第四句"翠榕空里起龙蛇",将榕树在空中伸展的枝叶比作蜿蜒腾飞的蛟龙,既描绘出榕树形态的雄浑壮观,也赋予翠榕一种灵动与神秘的气质。"龙蛇"比喻非凡之人,与第二句"地涌黄金宰相沙"相呼应,强调福州深厚的历史文化积淀。

诵读全诗,语言优美灵动,气势昂扬奔放,使人仿佛置身于福州这片美丽的土地上,亲身感受着这里的山水之美、人文之韵。

水口行舟¹

朱 熹

郁郁层峦夹岸青,青山绿水去无声。
烟波一棹知何许,鹧鸪两山相对鸣。²

【作者简介】

朱熹(1130—1200),字元晦,又字仲晦,号晦庵,生于福建尤溪县。南宋时期的理学家、思想家、教育家。他是闽学的代表人物,被后世尊为朱子。朱熹十九岁中进士,曾任江西南康知军、福建漳州知州、浙东巡抚等职,做官清正有为,振兴书院建设。官拜焕章阁待制兼侍讲,为宋宁宗讲学。晚年遭遇庆元党禁,被列为"伪学魁首",削官罢祠。去世后谥号"文",世称朱文公。朱熹著述甚多,有《四书章句集注》《太极图说解》《通书解说》《周易读本》《楚辞集注》等。

【注释】

1.水口:地名,古称闽关。位于古田溪汇入闽江处,居水陆交通要道。此地于20世纪90年代建造了著名的水口水电站。

2.鹈鴂(tí jué):古书上指杜鹃。

【赏析】

庆元三年(1197),朱熹应门人林用中、林允中、余偶、杨楫等人之邀,赴古田讲学。当时正处于"庆元党禁"的严酷时期,理学著作被禁毁,朱熹承受着巨大的精神压力,但仍坚定不屈。他从建阳考亭来到延平,再从延平乘船到达闽江中游的水口。沿途青山绿水、风浪烟波的自然胜景触发了他的满腔思绪,于是吟诵了《水口行舟》两首绝句。

本诗是《水口行舟》的第二首。前两句着重表现诗人对青山绿树的赏鉴依恋之情。两岸层叠的山峦绿树重重,一派青苍;春天秀丽的山峰无比寂静,绿水也静静地流淌。后两句彰显出一种灵动的美感。一只小船冲破烟波飞驰而去,它要驶向何方?此刻传来阵阵杜鹃啼鸣,在两岸的山谷间应答回荡。全诗寄情于景,寓理于趣。在山水的浸润下,诗人的心灵世界逐渐开阔旷达。

望　海

杨　载

海门东望浩漫漫,风飓无时纵恶湍。

黑雾涨天阴气盛,沧波衔日晓光寒。[1]

岂无方士求灵药,[2]亦有幽人把钓竿。[3]

摇荡星槎如可驭,[4]别离尘土亦何难。[5]

【作者简介】

杨载(1271—1323),字仲弘,原籍浦城(今属福建)。杨载幼年丧父,徙居杭州,博览群书。年四十未仕,户部贾国英数荐于朝,以布衣召为国史院编修官,参与编写《武宗实录》。延祐二年(1315)复科举,登进士第,授承务郎,官至宁国路总管府推官。著有《杨仲弘诗》,已散佚。杨载与虞集、范梈、揭傒斯齐名,并称为"元诗四大家"。

【注释】

1.晓光:清晨的日光。

2.方士:引用徐福为秦始皇出海求长生不老药的典故。

3.幽人:幽隐之人,隐士。此处引用严光垂钓避世隐居的典故。

4.星槎:槎,木筏。典出晋朝张华《博物志》卷三,传说天河与海相通,汉代有人曾乘槎到天河,遇牵牛织女。后以星槎比喻贵宾驾临或称颂人官位迁升。

5.尘土:尘世,尘间。

【赏析】

这首七言律诗以望海为主题,描写海洋波涛汹涌的压抑景象,揭示诗人对现实生活的不满和对理想生活的向往。杨载善于运用典故和充满感情色彩的词语去描绘海洋景物,使诗歌意境富有动态感和层次感。

诗人在首联以宏大的视角开启全诗的序幕,展现了海洋的广阔无垠与风涛的狂放不羁。其中,"浩漫漫"三字,既描绘海的宽广,又透露出人们对未知海域的无限遐想。"风飔无时纵恶湍"则生动地描绘了海洋的变幻莫测,凸显海洋的力量与危险。颔联"黑雾涨天阴气盛,沧波衔日晓光寒",进一步描绘了海洋的景象,黑雾弥漫,波涛汹涌,仿佛要将太阳吞噬,展现出海洋的阴暗、冰冷与神秘。这种描绘不仅富有画面感,也隐含了诗人对海洋的恐惧敬畏之情。颈联笔锋一转,从描绘海景转向人的活动,引用了徐福为秦始皇出海求长生不老药的故事和严光垂钓避世隐居的典故，寓意深刻。诗人通过"方士求灵药"和"幽人把钓竿"的典故，或许在暗示人生的两种态度：一种是积极追求，寻求长生不老，即永恒的存在；另一种是恬淡自适，享受生活的过程。尾联中，诗人的大胆浪漫想象更是将其人生追求提升到一个新的高度。如果能驾驭星槎，别离尘世，那将是一种何等的自由与超脱！这既是诗人对水天相连的浩渺海洋的浪漫化想象，也是他对世俗人生的理想化追求。这种追求超越了尘世的束缚，向往着更高更远的精神世界。本诗语言简明含蓄而颇具新意，堪称海洋诗的佳作。

峤屿春潮¹

高　棅

瀛洲见海色，²潮来如风雨。

初日照寒涛，春声在孤屿。

飞帆落镜中，望入桃花去。

【作者简介】

高棅（1350—1423），字彦恢，后更名廷礼，号漫士，福建长乐人。他与林鸿、陈亮、王恭、郑定、王褒、唐泰、王偁、周玄、黄玄并称为"闽中十才子"。永乐初年，高棅以布衣身份被召入翰林院，担任待诏，后升为典籍。高棅的诗歌创作提倡复古，以唐诗为典范，编选《唐诗品汇》。著有《高待诏诗集》。

【注释】

1.峤屿：指有山的小岛。

2.瀛洲：中国古代神话中，东海中有三座神山，分别是蓬莱、方丈和瀛洲，这些地方被认为是仙人居住的仙境。

【赏析】

诗人站在海边的高地上，远眺大海，描绘海岛春潮的壮丽图景，写下《峤屿春潮》。本诗既有自然景观的震撼之美，又有对人生理想和精神寄托的深刻表达。

诗人开篇便将读者带入了一个宏伟的海景之中。瀛洲是传说中的海上仙山，这里用来指代海边的高地或孤岛，既描绘出海岛的美丽景色，又增添了一种如梦似幻、超凡脱俗的氛围。潮水涌来时声势浩大，如同风雨般汹涌澎湃，给人一种大气磅礴的感觉。用"风雨"比喻潮水的迅猛与不可阻挡，增强了视觉和听觉上的冲击力。"初日照寒涛"描绘了日出时分，阳光洒在还带有凉意的海浪上的景象，既展现了时间的流转（从夜晚到清晨），又通过"寒涛"与"初日"的对比，增添了画面的层次感。"春声在孤屿"则将读者的注意力引向海岛上的春景，虽然"孤屿"显得孤寂，但"春声"却赋予了它生机与活力，暗示着春天的到来使万物复苏。"飞帆落镜中，望入桃花去。"此时波涛已定，海面一平如镜，船儿飞速前行，帆影映入水面。远望之下，诗人想象着帆船大概会驶入桃花源一般的仙境中。这不仅呼应了开篇的"瀛洲"二字，更为全诗增添了一份神秘与向往。最后两句别具韵味，让人回味无穷。

海上读书

林　鸿

浮云薄海色，万里如秋空。青苍杳无际，岛屿蟠蛟龙。
上有读书者，结茅谁与同。朝餐海上霞，夕友沧江翁。
乘桴嗟尼父，¹把钓思任公。²犹慕鲁连子，³不受却秦功。
千金若土壤，清名吊高风。愧予老儒术，白首且相从。

【作者简介】

林鸿，字子羽，福建福清县人。明代洪武初年，以人才荐至京，召试，赋《龙池春晓》《孤雁》两诗，为太祖所称许，授将乐（今福建三明市将乐县）儒学训导，官至礼部精膳司员外郎。年末四十，就辞官归里，致力于诗。林鸿与郑定、王褒等人并称"闽中十才子"。主张诗学盛唐，成为闽派诗论的纲目。著有《鸣盛集》。

【注释】

1. 乘桴嗟尼父：出自孔子《论语》。子曰："道不行，乘桴浮于海。"意为主张不为当时所接受，就泛舟海上，指对高洁品格的追求。

2. 把钓思任公：出自《庄子·外物》。任公：指太公任，即古代传说中善于捕鱼的人。后用以指超凡脱俗的高士。

3. 鲁连子：指鲁仲连，是战国末年齐国著名的思想家和卓越的社会活动家。他曾经游历赵国，适逢秦国围赵之邯郸，鲁仲连坚持正义，力主抗秦，反对投降，并和秦国派到赵国的"亲秦派"辛垣衍展开一场激烈的论争，解围之后又婉拒了奖赏，其高风亮节令人赞叹。

【赏析】

林鸿的诗歌以"声调圆稳，格律整齐"而著称，一扫元代诗人的纤弱之风，体现了"闽派"诗歌清丽高标的风格。

"浮云薄海色，万里如秋空。青苍杳无际，岛屿蟠蛟龙。"前面四句着力描写海洋上平静的景色，为后面读书和抒发感慨做了铺垫。这些句子描绘了海上风平浪静的画面：仰望天空，浮云缓缓飘过，广阔的天空宛如秋日清澈的蓝天；眺望远方，碧海茫茫，无边无际，远方的岛屿宛若蛟龙般盘踞在海面上。接着，诗人描述读书者的状态："上有读书者，结茅谁与同。"这里的"结茅"指的是建造简陋的屋舍，暗示这位海上读书者超脱世俗，独自潜心于隐居读书的生活，这实际上也是诗人自己的写照。之后，诗人继续描绘读书者的日常生活:"朝餐海上霞,夕友沧江翁。"读书者早晨以海上的朝霞为食,即沉醉于海上美景之中,不知疲倦;晚上与渔夫作伴,畅谈心得。沧江翁同样代表着品行高尚独立的隐士。接下来诗人连用了三个高洁之士的典故,来表现读书所悟之理。这些历史典故分别引用了孔子、任公子和鲁仲连的故事,用以表达诗人愿泛舟海上、追求高洁志向的决心,丰富了诗歌的文化内涵。"千金若土壤,清名吊高风"是对三位贤士的赞誉,赞扬他们将金钱视如粪土、品行高洁。最后一句"愧予老儒术,白首且相从"是诗人自谦之词,表达了自己虽年岁已高,但仍立志追随先贤的脚步,不断学习和探索。

《海上读书》构建出一幅理想化的读书生活图景,这不仅是对个人知识追求的展示,更是对一种超然物外、回归自然的生活方式的赞颂。诗中的历史典故和自然景观的结合,展现了诗人广博的知识面和深邃的思考力,是诗人生活哲学的深刻体现。

咏姑嫂塔

苏濬

古刹倚嶒霄,[1]乘风独听潮。千杯迎海市,[2]万里借扶摇。
琼树当空出,[3]飞帆带月遥。二妃环佩冷,[4]秋色正萧萧。

【作者简介】

苏濬(1542—1599),字君禹,号紫溪,福建晋江人。明万历进士,历官南京刑部主事、陕西参议、广西按察使、广西参政等。为官公正廉洁,兴利除弊,并善于选拔人才。在广西时,主持修撰《广西通志》,人称信史。后因病乞归,居家潜心钻研理学,著有《易经生生篇》《四书儿说》《韦编微言》等。

【注释】

1.嶒霄:高空。

2.海市:海上蜃气形成的楼台,即海市蜃楼。

3.琼树:玉树,喻姑嫂塔之秀美。

4.二妃:原指舜之二妃娥皇、女英,这里借喻姑嫂二人。

【赏析】

姑嫂塔是泉州世界遗产景点之一,相传为祭祀因思念漂洋过海的亲人而死的姑嫂而建造的。姑嫂塔原名"万寿塔",又名"关锁塔",位于晋江市东南塔石村宝盖山上,面临泉州湾,在泉州海外交通史上起着航标的作用。姑嫂塔建于宋绍兴年间(1131—1162),占地 325 平方米,共 5 层,高 21.65 米,底宽 20 米,全为石构建筑。石塔宏伟壮观,成为闽南侨乡的标志。

首联以"古刹"作为主体,将其置于高耸入云的天空中,突出姑嫂塔的高峻雄伟。"古刹倚嶒霄,乘风独听潮",诗人通过"乘风"这一动作,将自己置身于海风吹拂中,独自倾听着海浪的声响,同时感叹有关姑嫂塔的动人故事,表现出对海洋的赞叹与敬畏。颔联"千杯迎海市,万里借扶摇",运用夸张、对仗的修辞手法,描述姑嫂塔的高度和视野,似乎可以从塔上远眺万里之外的风景。"千杯迎海市"写出诗人对海市蜃楼的向往之情,对海上神秘幻境的探寻。有人把"扶摇"解读为"自下而上的旋风",突出塔的高峻;也有人认为,"扶摇"可理解为神话传说中扶摇直上九万里的神鸟,包含对自由的向往,意在显示姑嫂塔的航标作用,是和平安宁的象征。颈联"琼树当空出,飞帆带月遥"中,诗人运用丰富的想象力,描绘出姑嫂塔周围的绮丽景象:玉树在天空中矗立,帆船在月光下远航。诗句通过"当空出""带月遥"一系列动作描写,将高塔的挺拔灵动神韵展现得淋漓尽致,将月夜的美景描绘得如诗如画。尾联"二妃环佩冷,秋色正萧萧",表达诗人对历史人文故事的怀念,对秋天海边萧瑟景色的感触。"二妃"原指娥皇、女英二妃,这里借用来喻指印刻在石上的姑嫂形象。自古至今,到海外谋生的闽南人,都会怀念姑嫂塔的乡愁内蕴和航标指引的功用。本句通过"冷""萧萧"这样冷色调的词语,衬托出秋天的凄凉氛围。全诗展现了诗人对自然美景和历史文化的深沉感慨。

题观海楼

林茂桂

高峰矗立千仞哉,名以天柱从古来。

岗峦万叠纷聚米,沧海一勺仅浮杯。

【作者简介】

林茂桂(1549—1625),字德芬,号丹台,人称水门先生,福建漳浦人。明代文学家。万历十四年(1586)进士,任深州知州。林茂桂富有文才,工于诗文,与张燮、王志远、郑怀魁、蒋孟育、高克正、陈翼飞在漳州芝山集结创办玄云诗社,被称为"漳州七才子"。万历四十一年(1613),林茂桂与张燮、刘庭蕙、徐銮共同修纂《漳州府志》。

【赏析】

福建省漳州市长泰区境内的天柱山,古为漳州第一胜处,是风光旖旎的景区。山上古树苍劲,雄峰峻拔,飞泉泻玉,霞雾氤氲。宋代起,天柱山成为佛教圣地,山上建有天柱岩、慈云岩、势至岩、海涛岩、象鼻岩等岩寺。明代起,常有读书人登临天柱山。明万历二十七年(1599),管橘任长泰县令,注重文化建设,重兴天柱岩,此外还进行了多方面的建设,包括兴建观海楼、仙人亭等。万历三十年(1602),观海楼落成之后,常有文人相聚于此。据史料记载,万历年间共有三次文人聚会。本诗应该是第三次聚会时诗人所赋之作,聚会者还有何乔远、唐尧钦、戴燝和管橘等人。

　　《题观海楼》是一首描绘自然景观与人文历史交相辉映的佳作,通过精炼的语言和生动的意象,展现了天柱山及观海楼的雄伟壮丽,寄托了诗人对自然美景与历史文化的深刻感慨。

　　诗歌开篇点题,气势磅礴。"高峰矗立千仞哉",开篇即以震撼人心的笔触,描绘了天柱山高耸入云、气势非凡的景象。"千仞"之高,不仅是对山峰高度的夸张描述,更是对其雄伟气势的强烈渲染,让人仿佛能够亲眼目睹那座直插云霄、傲视群山的山峰。"名以天柱从古来",点明了天柱山自古以来的名声与地位,以"天柱"命名,既体现了其高耸入云的特点,也蕴含了人们对它的敬畏与崇拜。"岗峦万叠纷聚米",这一句进一步描绘了天柱山周边山峦的复杂与壮观。诗人借"聚米成山"的典故形容连绵不绝、层峦叠嶂的山脉,既形象地展现了山势的连绵不断,又通过数量的累积突出了其规模之宏大。这种比喻手法,使得整个画面层次丰富,景象万千。"沧海一勺仅浮杯",则是诗人将视野从山峰转向海洋,以"沧海一勺"的夸张说法,形容大海的浩瀚无垠。而"仅浮杯"三字,则将观海楼所处的位置巧妙地融入其中,使得整个画面在壮阔之中又增添了几分雅致与宁静。这一句不仅表现了大海的广阔,也突出了观海楼位置之高远、视野之开阔,让读者能够想象到站在楼上远眺大海的壮丽景象,领略大自然的鬼斧神工和人文景观的独特魅力。诗人在抒发对大自然的敬畏之情的同时,也展示了一种超凡脱俗的审美情趣。

咏晋江

黄克缵

城枕三峰百堞开,苍溪数曲绕楼台。
江闲箫鼓游人少,天外帆樯估客来。[1]
洲渚遥分平野绿,石桥横障晚潮回。
舍舟扶杖登高处,万里薰风亦快哉。[2]

【作者简介】

黄克缵（？—1628），字绍夫，号钟梅，福建晋江人。明万历八年（1580）进士，官至山东左布政使，迁右副都御史，巡查山东。黄克缵胆识过人，多次上书力陈弊政。民间以其五次经历兵、刑、工、吏部尚书，称其为"黄五部"。黄克缵作文通达驯正，为诗温柔敦厚。著作有《数马集》《杞忧疏稿》《春秋辑要》《古今疏治黄河全书》等。

【注释】

1.估客：商贩，这里指外贸商人。

2.薰风：和风，东南风。

【赏析】

黄克缵的《咏晋江》描绘晋江的自然风光和人文景象，被选入《泉州名胜诗词选》。晋江，是笋江、浯江、溜江的总名。西晋末年至东晋时期，中原士族为避战乱南迁至闽南，沿江而居，因思念故土而将这条河流命名为"晋江"。万历四十一年（1613），黄克缵在泉州居家候命，登高远眺写下《咏晋江》一诗，表达诗人对家乡的热爱以及对闲适生活的惬意畅怀。

首联"城枕三峰百堞开，苍溪数曲绕楼台"中，诗人以宏大的笔触勾勒出了晋江的地理环境和城市风貌。晋江古城周围有三座山峰，坚固的城墙上设置着百座垛口。多条清澈的溪流蜿蜒曲折，环绕着城内的楼台，为这座城市增添了几分灵动与秀美。颔联"江闲箫鼓游人少，天外帆樯估客来"，运用虚实相间的写法，使画面更加立体丰富。江面上箫鼓声音稀疏，游人稀少，显出城市的悠闲与宁静；而远处的天际，帆船的桅杆若隐若现，暗示着商船的往来和海洋贸易的繁荣，将晋江的美景和繁华展现得淋漓尽致。颈联进一步细化了晋江的自然景观。"洲渚遥分平野绿，石桥横障晚潮回"，江中绿洲将平野的绿意远远地分隔开来，形成一种错落有致的图案美。石桥横亘在江面上，阵阵浪潮翻涌过来，拍打在桥墩上，形成潮水的回流。这两句诗不仅描绘了晋江独特的自然景观,也传达出诗人对家乡海洋的热爱与赞美之情。尾联"舍舟扶杖登高处,万里薰风亦快哉",视角从眼前的景色转向了自身的感受。诗人下了船,扶着拐杖登上高处,迎面吹来的万里薰风让他感到无比畅快。这里的"薰风"不仅指自然界的和风,也代表着诗人的心境。通过登高远眺这一动作,诗人表达了自己豁达开朗、积极向上的精神风貌。整首诗情感真挚,境界开阔,读来令人心旷神怡。

秋日安平八咏(其四)

何乔远

西桥五里海门遥,¹小阁观音压岸腰。
陡见莲花清宿淤,拍天白雪是秋潮。

【注释】
1.海门:形容海的入口或海岸线的尽头。

【作者简介】
何乔远(1558—1631),字稚孝,号匪莪,又号镜山,泉州晋江人。明代著名文学家、史学家。万历十四年(1586)进士,曾任南京礼部仪制司郎中、吏部验封司主事等职,为官清廉正直,深受百姓爱戴。官至南京工部右侍郎,极具远见和胆识。曾讲学于泉州城东北的镜山,学者称他为"镜山先生",著作等身。编纂《闽书》150卷,堪称福建地方史的集大成之作。

【赏析】
《秋日安平八咏》是一组描绘秋日安平(今福建晋江安海镇)美景的诗歌。这组诗以细腻的笔触和独特的视角,展现了秋日安平的壮丽景色和人文风情。每首诗都各具特色,既描绘了自然风光的美丽,又蕴含了诗人对自然和人生的深刻感悟。

《秋日安平八咏》(其四)是一首描绘秋日安平桥风光的七言绝句。安平桥位于泉州西南的晋江安海镇与南安水头镇交界的海湾上,这里是泉州与其南侧的漳州、广州等地区联系的要道。安平桥为中国现存最长的跨海梁式石桥,南宋绍兴八年(1138)开始建造,至南宋绍兴二十一年(1151)建成,桥上及周边建有瑞光塔、桥头亭、水心亭、海潮庵、镇风塔、雨亭、望高楼、听潮楼等附属建筑。

诗的第一句"西桥五里海门遥",以平实的语言点明了诗人所处的位置以及远望的场景。西桥就是指安平桥,因桥长五华里,俗称"五里桥",又有"安海西桥""西桥"等称呼。这里"遥"字的使用,既表达了诗人与海门之间的距离感,也体现出视野的宏大。第二句"小阁观音压岸腰",则进一步细化了对安平桥景色的描绘。安平桥的两侧建有一些亭阁,"压岸腰"的表述则非常传神巧妙,既写出观音阁在安平桥中段的建筑位置,又暗示了观音对这片海域的庇护。后两句"陡见莲花清宿淤,拍天白雪是秋潮"则是全诗的高潮部分。这两句诗以准确生动的语言描绘出秋潮的壮观景象。"莲花"是指海浪冲刷着堤岸,激扬起白色泡沫。"拍天白雪是秋潮"一句,通过比喻和夸张的手法,将秋潮涌起时海浪拍打高空的景象形容为白雪般壮丽,进一步强化了秋潮的汹涌和磅礴之势,体现了自然力量的震撼。这一景象不仅令人叹为观止,更激发了诗人对自然之美的无限感慨。

《秋日安平八咏》(其四)以简练生动的语言,描绘了一幅秋日海边的壮美画卷。诗人通过对西桥、海门、小阁观音、莲花和秋潮的描绘,展现了安平桥海面特有的自然景观和人文风情,成为描绘秋日海景的经典之作。

海口城晚望[1]

陈荐夫

蒹葭蔼蔼树苍苍，平楚闲看益渺茫。[2]

驿路绕山多落木，孤城临水易斜阳。

潮回近浦寒生雨，雁度遥天夜带霜。

暂息征鞍瀛海上，[3]烟波千里断人肠。

【作者简介】

陈荐夫（1560—1611），名邦藻，字幼孺，号冰鉴。福建闽侯人。明万历二十二年（1594）中举，后会试屡考不中，游历大江南北。善为六朝文，诗亦工丽，有中晚唐之风，论诗主"性灵"。陈荐夫与谢肇淛、邓原岳、安国贤、曹学佺、徐𤊹、徐熥合称"闽中七子"。著有《水明楼集》。

【注释】

1.海口城：即海口镇，位于福建福清市东北部。因其雄居福清湾顶部，且坐拥龙江入海口，故得名"海口"。唐五代时，海口镇是戍边守防的军镇，宋元明清时，是海外贸易的集镇和枢纽。现在的海口镇是福建省著名侨乡。

2.平楚：从高处远望时，丛林树梢齐平的景象。

3.瀛海：古代神话中东海之神所居住的广阔海洋，后泛指浩瀚的大海。汉王充《论衡·谈天篇》："九州之外，更有瀛海。"

【赏析】

《海口城晚望》是一首七言律诗。诗人临城眺望，写出海边古城的凄清环境。首联"蒹葭蔼蔼树苍苍,平楚闲看益渺茫",点出季节为秋天,"蒹葭蔼蔼"形象地描绘了秋日海边的植物,营造出特定的海景氛围。"平楚",意思是从高处远望,丛林与树梢齐平,"益渺茫"写出了远望海边一片茫茫的景象,点出海口城的海洋特性。"驿路绕山多落木,孤城临水易斜阳",则进一步强化了游子的孤独感。城外山道驿路上,落叶纷纷;斜阳余晖下,一座古城孤寂地伫立在海边。这种广阔无垠的景象,让人联想到浩渺宇宙中个人孤独的生存境遇。"潮回近浦寒生雨,雁度遥天夜带霜",潮水涨落回荡,冲刷着近处的海岸,水气弥漫;一行大雁飞过天空,天高地远,寒夜凄冷,霜露深重。以上四句通过连绵的景物描写,烘托出晚望所见凄清的海洋景象。冷色调的意境,触动诗人内心深切的怅惘和无助。"暂息征鞍瀛海上,烟波千里断人肠",尾联触景生情,表达诗人旅途中的感慨:暂且停息天涯旅途的漂泊吧,面对着烟波浩渺的海洋,不禁感到离愁别绪。这里的海洋不仅是物理空间,更是情感的载体,承载着诗人的思乡之情和旅途漂泊中的艰辛。

本诗描绘晚望海口城的自然景观和秋天的季节特征,将依山临水的海边城镇的萧瑟寂静与个人的悲秋愁绪结合在一起,增强了诗歌的意境和情感表达。整首诗歌基调悲凉,情感沉郁顿挫,是一首描绘海洋苍茫气象的写景佳作。

登龙首山绝顶[1]

谢肇淛

缥缈莲花第一峰,空山丛棘绝行踪。

云生下界孤城雨,人听斜阳半岭钟。

海上晴涛奔万马,天中积翠走群龙。

金光玉蕊知何处,欲驾鸾骖问赤松。[2]

【作者简介】

谢肇淛(1567—1624),字在杭,号武林、小草斋主人,福建长乐人。明万历二十年(1592)进士,历任湖州推官、南京刑部主事、南京兵部主事、工部主事、工部屯田司员外郎、广西按察使、广西左右布政使等。谢肇淛喜博览,好藏书,一生著述达二十多种,其中较重要且与闽地文化相关的有《小草斋诗集》《小草斋文集》《鼓山志》《太姥山志》《长溪琐语》等作品。

【注释】

1.龙首山:位于福宁湾的霞浦境内,东濒东海,自古是登峰观海的理想去处。

2.鸾骖:指仙人的车乘。鸾:传说中凤凰一类的鸟。骖:指驾在车两旁的马。

【赏析】

福建省宁德市的霞浦海区处于东海向南延续与南海相接的位置,东为台湾岛西侧海岸,是东北亚和东南亚航运通道的要冲。龙首山位于霞浦县城城北,海拔 432.5 米,形如龙首,故名龙首山。龙首山分五脉:东脉金字山、次东脉虎尾岗、西脉塔岗山、次西脉莲花峰、正中主脉龙首山。

依山傍海的霞浦胜地,自古情高意远。万历三十七年(1609),谢肇淛来到霞浦胜地游历。当时文人们不仅临海听涛,而且热衷于登峰观海。《登龙首山绝顶》载于《霞浦县志·艺文志》,描绘诗人登上龙首山绝顶所见的壮丽山海景色。

诗人首先描写莲花峰的高峻,"缥缈莲花第一峰",形容山峰高耸入云,气势磅礴。"空山丛棘绝行踪",描绘空旷高山上荆棘丛生、人迹罕至的景象。中间四句写诗人在龙首山绝顶处的所见所闻,紧紧围绕着"空"字,以想象、比拟进行勾勒渲染。"云生下界孤城雨,人听斜阳半岭钟",俯瞰山下,云雾笼罩下的城市,氤氲在雨雾朦胧中。夕阳西下,人们听到半山岭上寺庙传来的悠远钟声。视觉与听觉联动,营造出禅意山寺的幽静。接下来,诗人着力描绘山顶眺望所见的海上景色。"海上晴涛奔万马,天中积翠走群龙",面前,是波涛如同奔马的浩浩荡荡的海;身后,是峰峦如同飞龙的重重叠叠的山。万马、群龙的意象尤具雄浑活力,给人以缥缈欲仙、超世脱俗之感,视角开阔,想象神奇。尾联水到渠成,自然转入对仙境的向往,表达他想要寻找仙境,驾驭鸾鸟,向仙人请教的愿望,清空疏朗,隽永远趣。

中秋携家人出海玩月有作
命诸子姓属和三章(其三)

黄道周

清时容钓弋,¹海大见安流。²白露弥无际,伊人何所求。
长鲸吹浪去,叠嶂挂帆浮。³忍忆廿年事,芦花半上头。

【作者简介】

黄道周(1585—1646),字幼玄、幼平、螭若、螭平,号石斋,福建漳浦铜山(今东山县)人。明末著名学者、书画家、教育家。明天启二年(1622)进士,先后在天启、崇祯朝官至翰林院编修、右中允。南明隆武朝,黄道周官至武英殿大学士兼吏、兵二部尚书。他为官清正,不偕流俗,忠言直谏,多遭贬谪。明亡,隆武即位于福州,黄道周以大学士自请率兵北上抗清,不久在婺源兵败被执,押到南京。临刑前血书"纲常万古,节义千秋,天地知我,家人无忧",慷慨就义,四年后归葬漳浦北山。清乾隆帝赞其为"一代完人",改谥"忠端"。

黄道周一生潜心天文,精通易学,工书善画,是明末杰出的学者。著述极为丰富,有四十多种行世,其中《三易洞玑》等十四种收入《四库全书》。其书法自成一体，被称为"黄漳浦体"。黄道周也是著名的教育家，半生讲学于浙江的大涤书院、漳州的邺山讲堂、漳浦的北山与东皋等地，弟子遍及海内。

【注释】

1.钩弋：钩弋夫人（? —前88），赵氏，名字不详，河间郡人。汉武帝刘彻宠妃，汉昭帝刘弗陵的生母。传说天生握拳，不能伸展，汉武帝经过河间，"望气者言此有奇女"。于是，赵氏受到召见，并将其手展开，掌中握有一个玉钩，因此被称为"钩弋夫人"。

2.安流：平稳的流水。

3.鲎（hòu）：节肢动物，甲壳类，生活在海中，尾巴坚硬，形状像宝剑。鲎的腹部甲壳可以上下翘动，上举时称"鲎帆"。

【赏析】

铜山岛（今福建省漳州市东山县）是明末杰出学者黄道周的故乡。黄道周深爱这座美丽的海岛，每当他从纷乱的政治漩涡中暂时脱身，回到故乡，总要泛舟于海面，并留下多首诗作。

本诗首联中的"钩弋"指的是汉武帝的宠妃钩弋夫人，她的名字不详，但她的传说却流传千古。"海大见安流"一句既是实写中秋出海赏月的情景，也是比喻家乡的平静与安宁，使得这首诗具有浓厚的家国情怀。"白露弥无际，伊人何所求"化用《蒹葭》中的诗句，诗人以"白露"点明季节，中秋时节的露水弥漫在空气中，给人一种清新而又略带凉意的感觉。明末乱世烽烟，时代的风云牵动着学者的翰墨之思。"伊人"是对人生目标和价值的追问，间杂着茫茫世事扑朔迷离的怅惘之感。接着，诗人描绘了一幅海上美景，长鲸、叠鲎，本是海洋中的两种奇特生物，它们的形态特征在诗人的笔下显得栩栩如生。长鲸吹浪而去，叠鲎挂帆在风中飘荡，构成了一幅美妙的画面。诗人借用它们来表达自己报效国家的远大志向。最后两句诗"忍忆廿年事,芦花半上头"从对海洋的描写转向对个人经历的回忆,诗人的情感由景及人,由海及心。"廿年事"指的是诗人过往二十年的经历与感慨,"芦花半上头"则形象地描绘了岁月流逝、白发渐生的情景,表达了诗人对时光流逝的无奈和对生命意义的思索。

这首诗通过对中秋夜晚海上景致的描绘,折射出诗人对家乡海洋的热爱,浮云明月过,海色天地青。黄道周在对故乡辽阔大海的审美中洗涤尘世的污浊,寻找到心灵的慰藉,流溢着诗人对故园之海无比依恋及倾心陶醉之态。本诗不仅是作者个人情感的抒发,更是明末士人对时代命运的忧虑与思考。

鹭门观海[1]

张对墀

康回凭怒折地维,[2]精卫木石无所施。茫茫大地汇为水,至今东南名天池。天池何浩浩,近接鹭门岛。帆影蔽津梁,樯尖拂苍昊。龙户耳目奇,马人须眉老。[3]凿齿雕题重译声,[4]南金大贝诸夷宝。[5]家涂翠碧与丹青,人饰珊瑚及玛瑙。试问此物所从来,尽说梯航由海道。海色瀁然,朝宗百川。白回岛屿,苍绕市廛。[6]山头返照,港口横烟。泊泊涌涌,森森囷囷。九年水不潦,七年旱不干。昔闻黄河之水天上来,今见沧海之水天外接。更上山头第一峰,海外奇观收目睫。排天风浪雪山倾,浴日鲸波金冶泄。[7]十寻楼橹挂高篷,看似空中舞片叶。须臾万里乘长风,依稀篷影亦渐灭。纵有钱镠之弩能射潮,[8]伍胥之风能鼓浪,[9]一旦对此亦应心魂怯。吁嗟乎!海之源无底止,海之阔无涯涘![10]洞庭云梦真可吞,江淮河汉浮沤耳。我欲临流乘风访八遐,[11]冲风破浪不用指南车,直向吾家博望借仙槎。[12]扶桑旸谷皆游遍,[13]身骑烛龙排云霞。[14]回首泥涂呴沫者,[15]纷纷辙鲋与井蛙。[16]

【作者简介】

张对墀,字丹扬,号仰峰,清朝同安县金门人,后迁居晋江。清康熙六十年(1721)进士,授太康知县,有政声。后因与友人书信事而株连获罪,卒于配所。生平博学多识,陈寿祺称他的诗文"奥衍宏深,力追古人"。所著有《同江集》行世。

【注释】

1.鹭门:即厦门。据说厦门岛过去是白鹭成群栖息的地方,岛形又像振翅欲飞的白鹭,因此很早就有鹭门、鹭洲、鹭屿、鹭岛等别称。

2.康回:即神话中的共工氏。屈原《天问》:"康回凭怒,地何故以东南倾?"

3.龙户、马人:都指当地居民。龙户指蛋民。马人指南方某少数族群,其祖先是从中原迁来南方的人。

4.凿齿、雕题:原始的人体装饰。前者亏体,凿一齿或数齿;后者纹身,在额头上雕刻花纹。译声:异域的方言口音。

5.南金大贝:都指珍宝之物。

6.市廛:集市。

7.冶泄:同冶艳。

8.钱镠:五代时吴越国王。相传他曾制造三千竹箭,架强弩五百,射向潮头,迫使海潮后退。

9.伍胥:伍员,字子胥,由楚奔吴。后被吴王夫差赐死,以尸投江。传说钱塘江的怒潮即因此起。

10.涯涘:水的边缘或岸边。《庄子·秋水》:"今尔出于涯涘,观于大海。"

11.八退:同八荒,指八方极远之地。

12.直向吾家博望借仙槎:直接向张骞借仙筏使用。因张骞与作者张对墀同姓张,在汉代被封为博望侯,故张对墀称他为"吾家博望"。

13.扶桑、旸谷:神话中日出之处。

14.烛龙:古代神话中的神兽,能衔烛照明。屈原《天问》:"日安不到?烛龙何照?"

15.呴(xǔ)沫:相呴以湿,意思是彼此以呼出的气湿润对方。后比喻在困难时以微小的力量,竭力互相帮助。《庄子·天运》:"相呴以湿,相濡以沫。"

16.辙鲋、井蛙:辙中之鲋、井中之蛙。出自《庄子》,比喻见识狭小的人。

【赏析】

张对墀的《鹭门观海》描绘清代厦门的海上风光,不失为一首气势磅礴的好诗。在古典诗词中,咏海的名篇不多,能读到这样以观海为题的七古巨制,应说是很难得了。全诗通过丰富的意象和典故,构建了一个宏大而充满动感的海上世界,同时引发读者对海洋未知世界的向往和探索。

首段,诗人以传统的神话故事引入,以神话中的共工氏和精卫填海无能为力的故事,说明东南海洋的浩荡辽阔。"帆影蔽津梁,桅尖拂苍昊"等句,生动刻画了繁忙发达的海上贸易。诗中不乏对厦门地域风情的描绘,如"凿齿雕题重译声,南金大贝诸夷宝""家涂翠碧与丹青,人饰珊瑚及玛瑙"等句,展示了东南沿海的繁荣市场和丰富商品。"试问此物所从来,尽说梯航由海道",指出大量的奇珍异宝,都是通过海洋运输的途径进行商业交易。"海色溔然,朝宗百川。白回岛屿,苍绕市廛。山头返照,港口横烟。泊泊涌涌,森森困困。九年水不潦,七年旱不干。"这些诗句运用铺陈排比的手法,摹写出一幅光怪陆离、波澜起伏的海洋图景,展现了岛屿蜿蜒曲折、海水汹涌澎湃的景象。

在诗歌的后半部分,诗人将视角提升到了山头第一峰(厦门五老峰),

试图从更高的角度审视海洋,"排天风浪雪山顶,浴日鲸波金冶泄",海浪与日光的交互作用生成了一幅震撼心灵的多彩画面,体现了海洋的壮观与艳丽。"海之源无底止,海之阔无涯涘",诗人接着用江淮河汉与大海进行对比,感叹厦门海面的浩瀚开阔、无边无际。诗的结尾部分,诗人表达了想要乘风破浪、探索海洋未知世界的愿望。"我欲临流乘风访八遐,冲风破浪不用指南车",既是对自由探索的向往,也是对人类智慧与勇气的赞美。"纷纷辙鲋与井蛙"则是智者的一种自嘲,表达了诗人对人类自身局限的清醒认识与哲理思考。

鼓浪屿

黄莲士

昔闻鼓浪似瀛洲,[1]海上初来览胜游。

石壁风云余旧垒,[2]人家烟雨事春畴。[3]

钟声上下波心寺,树影参差岛外舟。

一自当年平剑印,[4]妖氛不作庆安流。[5]

【作者简介】

黄莲士,本名彬,福建龙溪人,清乾隆年间(约 1768)移居厦门,是清代福建闽南文学中的杰出诗人。他创作了大量关于鹭岛名胜的诗歌,如《游南普陀》《五老凌霄》《游万石岩》《金榜山怀古》《虎溪春游》《虎溪岩避暑联句》《中秋日同诸友集白鹿洞》《鸿山织雨》《箕笥渔火》《洪济浮日》等。著有《草庵诗集》《看山楼唱和集》。

【注释】

1.瀛洲:传说八方大海中神仙居住的地方。

2.旧垒:郑成功收复台湾前曾在鼓浪屿操练水师,旧垒指当年的水操台、龙头寨等遗址。

3.事春畴:从事春耕,春季在田野中耕作。

4.剑印:据《厦门志》记载:"(鼓浪屿)左有剑石、印石浮海面。"鼓浪屿东南角有剑石、印石浮于海面,相传是郑成功驱逐荷兰殖民者,收复台湾时所遗。

5.妖氛:战乱。后多指外来侵略。

【赏析】

龚洁在《鼓浪屿的建筑和历史》中写道:"鼓浪屿孤悬厦门西海中,宋元时期称'圆沙洲',明代始称鼓浪屿。乃是因为岛的西南海边,有一块大岩石,长年累月被海潮拍击,中间冲刷出一个大洞,每逢潮涨,海浪扑打岩洞,发出如擂鼓的声音,人们称它为'鼓浪石小岛'。如今的鼓浪屿,与厦门岛隔着一条600米宽的鹭江海峡,有'海上花园'之美称。"

清代乾隆二十八年(1763),薛起凤、黄莲士等人,呼朋唤友,同游鼓浪屿,均留下诗作。黄莲士《游鼓浪屿》诗说:"客中日日事招游,鼓浪峰高禅室幽。四面海山包一寺,千家鸡犬出中流。"诗中所称禅室、禅庵,都是指鼓浪屿上的日光岩寺。1936年,高僧弘一法师在此闭关静养,所居称为"日光别院"。如今的日光岩,已成为厦门最著名的旅游景点之一,日光岩东面巨石上有三幅巨型楷书题刻:"鼓浪洞天""鹭江第一""天风海涛"。

黄莲士的《鼓浪屿》一诗,将鼓浪屿的自然风光与人文历史巧妙地融为一体,展现出一种和谐而又深远的美。诗中既有对鼓浪屿山水景色的描绘,又有对岛上历史遗迹的追忆,以及对安宁生活的颂扬,使得整首诗充满了深厚的文化内涵和艺术魅力。

首联"昔闻鼓浪似瀛洲,海上初来览胜游",在诗歌开篇即点明鼓浪屿的美名,将其比作传说中的瀛洲仙境,指出鼓浪屿作为海岛胜地的特色,使得整首诗充满了海洋的气息。诗人表达了自己初到鼓浪屿时的欣喜和期待,想要一览岛上的旖旎风光。颔联中,诗人转而描绘鼓浪屿的自然风光和人文景观。日光岩石壁上的题字似乎在诉说着历史的沧桑,而旧垒则让人联想到郑成功当年训练水师的英勇事迹。与之相对应,眼前烟雨中的村落以及春耕的田野则展现了鼓浪屿的宁静和生机。颈联描写细腻生动,将鼓浪屿的寺庙和海景完美地呈现在读者面前。寺庙的钟声和着波涛声在回荡,给人一种空灵而庄严的感觉;树影参差、舟船摇曳,则给海岛增添了几分灵动与活力。尾联"一自当年平剑印,妖氛不作庆安流"中,诗人以剑石、印石为引子,回顾了郑成功驱逐荷兰殖民者、收复台湾的辉煌时刻,表达了对盛世时期和平安宁生活的颂扬。

鼓山绝顶望海歌[1]

梁章钜

千山万山列眼底,倚天空碧不知止。眼中沧海小如杯,海上浮云白如纸。流虹一发来青青,鲲身隐约浮东宁。[2]天吴阳候亿巨测,[3]蜃楼倒蠹蛟涎腥。昨夜黑风吹海立,阴火难消水仙劫。天末遥遥疍客愁,[4]浪头隐隐鲛人泣。[5]我欲乘风远扶揺,[6]楼船突兀谁能攀?徒有襟期倔溟渤,[7]惜无长策回狂澜。忽忆神仙隔缥缈,蓬莱清浅无人晓。排云但望金银台,珊瑚枝老蟠桃小。便要东睾若木华,[8]群仙接引如虫沙。拍肩教我洗毛髓,[9]应龙十二空衔衔。[10]知不可得下山去,富贵神仙亦朝露。不如呼酒东际楼,海月山风足良晤。

【作者简介】

梁章钜(1775—1849),字闳中,又字茝林、芷林,号古瓦研斋,晚年自号退庵,福建长乐人。清嘉庆七年(1802)进士,历任江苏布政使、甘肃布政使、广西巡抚、江苏巡抚等职。梁章钜是著名的学者、文学家、收藏家、艺术家,一生著述多达 80 余种,博涉经史子集各部,有《文选旁证》《三国志旁证》《论语集注旁证》《仓颉篇校证》《退庵诗存》《退庵随笔》《归田琐记》《楹联丛话》《退庵金石书画跋》《农候杂占》等 50 余种刊行于世。梁章钜被誉为"联学鼻祖",编撰的《楹联丛话》是中国楹联史上第一部联话著作。

【注释】

1.鼓山:在福州东部,著名风景名胜,有屴崱、白云、鼓子诸峰,山有石如鼓,相传每逢风雨大作,便簸荡有声,故名"鼓山"。

2.流虬:即琉球,亦作流球、流求。这里泛指台湾海峡诸岛。鲲身:指台湾。

3.天吴:水神。《山海经》云:"朝阳之谷,神曰天吴,是为水伯……"阳侯:水神名。相传为古代诸侯,因罪投江自杀,其灵为神。

4.蜑(dàn)客:蜑户,古时南方的水上居民。

5.鲛人:传说中居住在海底的人。

6.扶挕:扶摇,盘旋。

7.襟期:情怀,抱负。

8.搴(qiān):拔取。若木:神话中长在日落之处的树。《山海经·大荒经》:"大荒之中……上有赤树,青叶赤华,名曰若木。"华:花。

9.拍肩:语出郭璞《游仙诗》:"右拍洪崖肩。"洪崖,仙人名。此句言仙人教我脱胎换骨。

10.应龙:千年以上的老龙。古代神话中以五百年的龙为角龙,千年以上的为应龙。

【赏析】

从诗题我们可以看出,作者是从福州鼓山之绝顶向下俯视大海,因而与一般的望海歌相比,作者的视点更高,眼中壮观的大海景色就与众不同。此诗一气呵成,流转自如,足见作者在七言歌行体上的功力。

从首句"千山万山列眼底,倚天空碧不知止",我们就不难想象鼓山绝顶之高简直是直入云霄。从这样的高度向下俯视,眼中的沧海就变得像杯子一样小,而海上的浮云也像纸片一样洁白渺小。向来咏海的诗歌都比喻海之大,此诗却比喻海小如杯,这一不同寻常的比喻并非有意标新立异,而是恰恰符合绝顶望海的特殊情境,不禁令人耳目一新,正是本诗出彩之处。

接下来,作者回到传统的写海思路,以神幻想象描写海景。作者大胆借鉴古人的诗句,铺排了"虬""鲲""蛟"等一系列海底神怪,以及"蜑客"与"鲛人"的愁苦,共同营造了一个光怪陆离的海上幻境。由仙境而及游仙,作者经历海上的凶险,来到了缥缈的蓬莱仙境,看到有金银筑成的宫阙,生长着珊瑚、蟠桃与若木,在这里诗人被群仙接引着,几乎忘记了世俗人间的存在。当然,这些经历都是神游,诗人实际上还在鼓山之顶。于是诗人开始下山,有了深刻的人生领悟:富贵神仙都如朝露一样瞬息消逝,唯有人世间的清风明月才是永恒的存在。最后,诗人以"不如呼酒东际楼,海月山风足良晤"的句子,陡然回转,提出了他的反思。他认为,与其追求那些虚无缥缈的东西,不如狂歌痛饮,尽享这人世间的海月山风。这种狂放不羁的人生态度,实则蕴含着对人生哲理的深刻理解和达观态度。

沧趣楼杂诗(其二)

陈宝琛

建瓴千里走滩声,[1]汇到双流濑顿平。[2]
入峡海潮还出峡,和沙淘尽可怜生。

31

【作者简介】

陈宝琛(1848—1935),字伯潜,号弢庵、陶庵,晚署沧趣楼主、听水斋老人,福建福州人。晚清大臣、学者。同治七年(1868)进士,授翰林院庶吉士,历任编修、翰林侍讲。与宝廷、张佩纶、张之洞等被誉为"清流党",敢言直谏,立朝清正。后出任江西学政,累迁内阁学士、礼部侍郎。中法战争后,陈宝琛因"保举失当"降级调用。回乡赋闲20多年,后发展家乡教育事业。1909年复入京任职,辛亥革命后为溥仪的汉文师父,1935年病逝,谥号"文忠"。著有《沧趣楼诗集》《沧趣楼文存》《沧趣楼律赋》《南游草》《陈文忠公奏议》。

【注释】

1.建瓴:意为倾倒装满水的瓶子。建,通"瀽",倒水,泼水。瓴,指盛水的瓶子。本句比喻闽江自上游奔流而下,水流湍急,不可阻遏。

2.双流:闽江自上游汇百川逶迤东下,至福州南台岛分南北两支,至罗星塔复合为一。濑:湍急的水。

【赏析】

《沧趣楼杂诗》写于1903年,组诗共九首,此处选其中第二首诗。本诗形象地描绘了闽江入海口江海交汇、汹涌澎湃的壮丽景象,为读者留下不尽哲思。

诗的开篇"建瓴千里走滩声",以生动的比喻描绘江流湍急、声势浩大的景象。"建瓴"比喻闽江水势如同高处倾泻而下的水流,准确写出水流的湍急和声音的响亮,给人以强烈的视觉和听觉冲击,以"走"字描绘出闽江汇聚百川、千里逶迤东下的气势。第二句"汇到双流濑顿平",指出两条水流汇聚后,原本湍急的江流变得平缓。前两句诗构成鲜明的对比,展现了闽江水流奔腾东流由急转缓的变化,自然界中动与静的对比,体现出动静相宜的和谐之美。第三句"入峡海潮还出峡",通过"入峡"与"出峡"的对照,表现出海潮的循环往复,暗喻人生的起伏和世事的无常。最后一句"和沙淘尽可怜生",描写在无情的自然力量面前,河滩上的沙粒被冲刷淘尽,景象撼人心魄。诗句托物寄情,寄寓着人生短暂和命运无常的感慨。

整首诗以闽江水势的自然景观为载体,寓情于景,情景交融。诗人通过对水流、海潮、沙滩等自然元素的细腻描绘,不仅展现了自然界的壮丽与神奇,更深刻表达了对时间、生命的哲理思考与感悟。

九月洛阳桥观潮

林 骚

海门东望势重重,汉决河倾撼众峰。
猛挟千军成鹳雀,光摇一线走蛇龙。
雷霆咫尺青天破,烟雨迷濛白马从。
若把钱塘江并论,秋声试听道边松。

【作者简介】

林骚(1874—1953),字醒我,又字叔潜,晚年自号半邨老人,福建泉州人。光绪三十年(1904)进士,授镇江县知事。因无意仕途,归隐家居,致力吟咏,为泉州一代诗人。林骚曾与苏大山、吴增、宋应祥等人合力创办温陵赘社,这是泉州著名的诗社。林骚还被晋江初社、崇武松社、厦门笯笃吟社尊为社长,一生诗作 4000 余首,著有《半邨诗集》。他的诗作以豪迈奔放著称,尤其擅长描绘自然景观。

【赏析】

洛阳桥,初名万安桥,屹立于泉州东北约十公里处的洛阳江入海处,在北宋初年建成,现桥长约 731 米,宽约 4.5 米。洛阳桥在建造过程中,采用了"筏型基础"与"种蛎固基法"这两项创新技术,确保了桥梁的稳固与耐久性。桥身设有46座桥墩,宛如巨龙横卧江面,气势恢宏。桥面上,两侧扶栏如翼展开,栏杆上雕刻着精致雄骏的石狮。此外,七亭九塔的建筑点缀于桥身之上,与周围的景致相映成趣。桥的首尾两端,武士石像分立,他们身姿挺拔,目光炯炯,仿佛在守护着这座古老的桥梁。

《九月洛阳桥观潮》描绘洛阳桥潮水的壮观景象。首句"海门东望势重重",诗人站在洛阳桥上,向东望去,入海口的海潮景观一览无余。这里的"势重重"生动展现了潮水的汹涌澎湃之势。"汉决河倾撼众峰"运用夸张的手法,形容潮水的气势如同江河决堤般磅礴,其力量之大,足以撼动群山。"猛挟千军成鹳雀"一句将潮水的奔腾之势比作千军万马,勇猛无比,如同"鹳雀"列队腾飞。"光摇一线走蛇龙",意思是浪潮中闪烁着光芒,如同蛇龙在水中游动穿行,"一线"形象地表现了潮水层层叠叠推进的轨迹。"雷霆咫尺青天破"渲染潮水的轰鸣之声如同雷霆霹雳一样,仿佛要将天空撕裂。"烟雨迷濛白马从"则描绘了潮水带来的水雾,使得整个景象变得朦胧不清,如同古代传说中的白马从水雾中奔驰而过。尾联中,"若把钱塘江并论"直接将洛阳桥上的潮水与钱塘江的潮水相提并论,暗示两者的壮观程度不相上下;"秋声试听道边松"则将潮水的声响与秋天的松涛之声相媲美,二者相得益彰。观赏海潮后,漫步在洛阳桥首尾的道路上,静听秋日松涛之声,诗人的心绪妙不可言。动静结合,写景言情,可谓情景交融浑然一体。

本诗描绘九月在洛阳桥上观潮的生动画面,展现了大自然的神奇魅力和无穷力量。诗人赞叹浪潮的光影和气势,将洛阳桥的潮水与钱塘江的潮水相提并论,强调洛阳江潮水的雄伟壮观程度。整首诗境界宏大,气势磅礴,给人以强烈的视觉冲击和心灵震撼。

繁星(选二)

冰　心

二八

故乡的海波呵！你那飞溅的浪花，从前怎样一滴一滴的敲我的盘石，现在也怎样一滴一滴的敲我的心弦。

一三一

大海呵！那一颗星没有光？那一朵花没有香？那一次我的思潮里没有你波涛的清响？

【作者简介】

冰心(1900—1999)，原名谢婉莹，现代著名女作家、诗人、翻译家，有"海化的诗人"之称。福建省福州长乐人，其父谢葆璋是清朝的海军将领。1918 年，冰心进入北京协和女子大学(后并入燕京大学)学医，后改学文学。同年开始发表小说登上文坛。1923 年，诗集《繁星》《春水》出版。此后，她陆续出版系列短篇小说、散文名篇。冰心的散文题材广泛，反映丰富的社会风貌，诗歌以"母爱、童真、自然"为主题，充满爱与希望。

【赏析】

《繁星》是冰心的第一本诗集，收录了她 1919 年冬至 1921 年秋所写的小诗 164 首。作者自叙当时受泰戈尔《飞鸟集》的影响，诗集《繁星》是"零碎的思想记录"，大部分是三言两语的小诗，引发了当时"冰心体"诗风的流行。

冰心从小就受到海洋生活环境的熏陶，浩瀚的大海早已成为她生命的一部分。由于父亲是清朝的海军将领,冰心童年在福州、烟台、上海的海边度过,那段时光对她影响深远。她在《我的童年》中回忆道:"当我忧从中来,无可告语的时候,我一想到大海,我的心胸就开阔了起来,宁静了下去。"海洋不仅塑造了她宽广的胸襟,也激发了她丰富的想象力。她创作不少以海为主题的散文。《繁星》和《春水》是冰心诗歌的代表作,其中包含了许多与海相关的诗句,如《繁星·一二六》:"荡漾的,是小舟么?青翠的,是岛山么?蔚蓝的,是大海么?我的朋友,重来的我,何忍怀疑你,只因我屡次受了梦儿的欺枉。"如《繁星·一二八》:"澎湃的海涛,沉黑的山影——夜已深了,不出去罢。看呵!一星灯火里,军人的父亲,独立在旗台上。"又如《春水·一〇五》:"造物者——倘若在永久的生命中只容有一极乐的应许。我要至诚地求着:我在母亲的怀里,母亲在小舟里,小舟在月明的大海里。"

冰心的文学创作生涯中,海洋始终是她心中美妙的意象,她用海洋来表达自己复杂的情感。在《繁星》中,她以海为媒介,抒写对故乡、亲人的深情。《繁星·二八》中的"故乡的海波"不仅是故乡的象征,更是作者心中无尽的思念。海浪轻轻拍打岩石的声音,仿佛是她对故乡的呼唤,是她游子之心对故土的无限眷恋。在《繁星·一三一》中,冰心的思乡之情更是溢于言表。她将海浪的声音与星光、花香相提并论,用"那一颗星没有光?那一朵花没有香?"与"那一次我的思潮里,没有你波涛的清响?"形成对比,表达了她对故乡的深切思念。在这里,"波涛的清响"不仅是对故乡的隐喻,更是诗人心中无法抹去的乡愁,就像那迷人的星光和花香一样,是她关于童年生活和家乡的甜美记忆。

这些简短而精炼的诗句,透露出冰心对大海的无限热爱。她的文字清新而隽永,背后却隐藏着一种低沉的情感,与五四时期那种感伤和忧郁的时代情绪相呼应。《繁星》《春水》是冰心对故乡大海的深情告白,是她心中悠悠的流水华年。

正月廿六,在东吾洋又见中华白海豚现身

汤养宗

　　它们现身的那一刻,肯定有/高僧或高贤之士,在是与非的两扇门之间/路过,那恍惚感/正好可以用来说离散/或坚信你还没有被人挖掉眼睛的话题/接着又下沉了,仿佛这是/两个年代,那只是古人突然回来与现身/我念念有词,银白色的鳍与背/终于再次拱出,整座海经过了念经。

　　在经语中显灵,你们/又不死心地再来与我见上一面/这回还传来了那久违的叫声/孤绝,凛然,使空气变得有点不可信/在世上,这声音已多年听不到了/如果不是我/旷日持久地不听不信/今天,又哪能如此平白无故地听到/这可以再一次天亮的来自另一个时空的语言。

【作者简介】

　　汤养宗(1959—　　),福建霞浦人。中国诗歌学会副会长,福建省作协副主席。1978年应征入伍,当过导弹护卫舰的声呐兵,退伍后任霞浦闽剧团编剧,后在县文联工作,主要从事诗歌写作。出版诗集《水上"吉普赛"》《黑得无比的白》《寄往天堂的11封家书》《去人间》《制秤者说》《伟大的蓝色》等。先后获得人民文学奖、《诗刊》年度诗歌奖、扬子江诗学奖。2018年8月,《去人间》获得第七届鲁迅文学奖诗歌奖。

【赏析】

　　东吾洋,古称东港洋,在霞浦县东部。东吾洋四面环山,腹大口小,总

面积170平方公里。沿岸村落相望,如明珠环嵌在东吾洋的四周。东吾洋素称"蓝色宝地"。洋中风恬浪静,水质洁净,饵料丰富,盛产大黄鱼、长毛对虾、蛤蜊、海带等,人们称之为天然鱼库。

汤养宗的这首诗歌,描绘了在东吾洋又见中华白海豚的经历与感动的心情。诗歌开头,"它们现身的那一刻,肯定有/高僧或高贤之士,在是与非的两扇门之间/路过",引入了一种超越现实的氛围,暗示这次海豚的出现不仅仅是一个普通的自然现象,而是有着某种更深层次的意义。通过丰富的象征和隐喻,诗人成功地创造了一种既神秘又引人深思的氛围,启示我们对海洋生命和存在的更深层次问题进行反思。

诗中广阔浩瀚的海洋好像把海平面以下和海平面以上划分成两个不同的世界,正是大海的深邃才能将时间定格,把原始的气息保存下来。在海洋文化中,中华白海豚是古代绝顶聪明者的象征,它们栖身于海洋之中,它们不甘心地想要跳出水面,告诉人类它们的存在和情感。只有它们坚守着是非之别,保持着高洁的本色。它们也想发声,努力在跃出海面时发出"孤绝、凛然"的豚音。这种坚毅的精神和原始的气息,绵延不绝,始终保存在深蓝神秘的海洋之中。

西洋岛的春天

刘伟雄

能够歌唱的风标　在岛上/像花一样饱含了挚爱/阳光浓烈着每一片叶子/海味的鲜美让味蕾在扩张中/有了梦一般的陶醉

沿着古老的屋檐/沿着台风啃过的草坡/那些浪会推着鱼汛一直向前/直把春天的喜悦披上丰收的船头

我可爱的家乡西洋岛啊/那样沉静地躺在东海之上/自由自在地把岁月读成/一片片飘逝的云朵/一阵阵织网的渔谣

【作者简介】

刘伟雄（1964—　　），福建霞浦人。中国作家协会会员、福建省诗歌朗诵协会副会长、宁德市作家协会副主席。1985年与谢宜兴共同创办丑石诗社，并出版民间诗报《丑石诗报》。出版诗集《苍茫时分》《呼吸》《平原上的树》，编辑出版《丑石五人诗选》《作家笔下的霞浦》。

【赏析】

波涛汹涌的西洋岛，是刘伟雄的出生地，它们的美丽和神秘，令人陶醉憧憬。《西洋岛的春天》展现了西洋岛独特的自然风光和人文气息。诗人用"能够歌唱的风标""像花一样饱含了挚爱"来歌颂海岛的风光。在这里，风标不仅能够吹拂大地，还能唤醒沉睡的生命，让万物复苏。这种风的力量，就像一首美妙的歌曲，让人陶醉其中。诗人说，"阳光浓烈着每一片叶子"，用拟人化的手法写出树木叶子的陶醉。西洋岛上晴空万里，阳光照射在大地上，给万物带来生机和活力。接着，诗人通过描绘海味的鲜美、丰收的船头，表达了对海岛上大自然的馈赠的感激之情。"那些浪会推着鱼汛一直向前／直把春天的喜悦披上丰收的船头"。西洋岛蕴藏着丰富的海洋资源，海鲜品种繁多，口感鲜美，让人流连忘返。这种美味，正是大自然对人类的慷慨和厚爱。在诗歌的最后，诗人直抒胸臆，"我可爱的家乡西洋岛啊／那样沉静地躺在东海之上"，这是世外桃源般的自由自在的岁月，有一片片飘逝的云朵，也有渔人辛勤劳作的喜悦。在西洋岛，春天不仅仅是一个季节，更是一种心境，一种美好的生活态度。当人们置身于这样的美丽海岛中，心灵也随之得到净化和升华。

本诗通过对西洋岛春天景象的描绘，歌咏海岛造化的美丽和神奇，传达出一种积极向上的生活态度。诗歌语言简洁优美，意象独特，写出海洋岛屿独有的气韵，让读者学会珍惜大自然的馈赠，感恩生活，热爱生命。

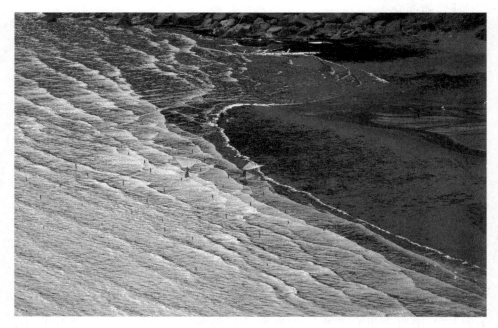

霞浦小皓滩涂

第二部分　福建海洋渔盐生活

　　本部分选取的诗歌全面展现福建沿海地区人民的生产生活情况，有海岛渔民的艰辛劳作、霞浦官井洋的丰收渔汛，也有海洋飓风的狂暴景象、崇武渔人弄潮的惊险。这些诗歌深入反映渔民、盐民的生活状态与情感体验，从中可以感受到福建沿海地区的独特风情，以及人与海洋之间的深厚联系。

题澎湖屿¹

施肩吾

腥臊海边多鬼市,²岛夷居处无乡里。³
黑皮年少学采珠,手把生犀照咸水。⁴

【作者简介】

施肩吾(780—861),字希圣,号东斋。浙江桐庐人,晚年移居澎湖。唐宪宗元和十五年(820)进士,并在之后的殿试中被钦赐状元及第,是杭州地区历史上的第一位状元。历经宪宗、穆宗、敬宗、文宗多个朝代。后隐居,世称"华阳真人"。著有《辩疑论》等道教著作。唐大中十三年(859),因天下动乱,施肩吾率领族人驾乘木船,经过艰难漂泊,到达澎湖(台湾与澎湖地区在 1885 年台湾设省之前归福建管辖)并定居下来。他把先进的生产方式和农业技术带到澎湖地区,被后人赞誉为"开发澎湖的先驱者"。著有《施肩吾诗集》。

【注释】

1.《全唐诗》中这首诗题目为《岛夷行》,澎湖的志书上是《题澎湖屿》。

2.鬼市:指海边的一种奇异市场现象。市场在半夜时分开始聚集,到黎明时结束。

3.岛夷:指澎湖岛上的土著居民。澎湖,在台湾海峡东南部,共 64 个大小岛屿,总称澎湖列岛或澎湖群岛。

4.典故出于"牛渚燃犀"。刘敬叔《异苑》卷七:"晋温峤至牛渚矶,闻水底有音乐之声,水深不可测。传言下多怪物,乃燃犀角而照之,须臾见水族覆火,奇形异状,或乘马车著赤衣帻。"《晋书·温峤传》亦载。

【赏析】

《题澎湖屿》描绘了唐代澎湖列岛的生活风俗和景物。在充满腥臊气味的海边,有渔民、商人在进行贸易,有皮肤黝黑的少年在学习采珠。诗歌内涵丰富,有情景、人物,也有色彩、味道、动作的描写,环境与人物和谐统一,构成一幅富有地域气息的生活图景。诗歌开篇直接指出澎湖岛屿渔村的特点,海边充满鱼虾蛤蚌的腥臊气味,经常有进行物品交易的夜间集市,准确概括了澎湖列岛上的土著居民的生活状态。这些土著居民生活在海边,他们没有固定的居所,生活方式和生活状态都与内陆的人民有着显著的不同。这些描绘,反映出诗人对海岛生活习俗的敏锐洞察。肤色黝黑的少年在海上学习采珠,举着燃烧的犀角,去照射咸涩的海水。不过,此诗中借用犀角照水的典故,是在描绘澎湖少年们在海水中刨找海贝中的珍珠。澎湖人自古以捕鱼和采集珊瑚、珍珠为业。诗句通过象征性描绘,揭示了海岛渔民生活的艰辛和不易。

施肩吾描写海洋的诗歌还有《海边远望》和《感忆》两首。《海边远望》描绘了海边日出时的壮美景象:"扶桑枝边红皎皎,天鸡一声四溟晓。偶看仙女上青天,鸾鹤无多采云少。"另有《感忆》一诗中有:"暂将一苇向东溟,来往随波总末宁。"诗中抒写渡海漂泊至澎湖过程中的感触,以随波逐流的船只和大海意象,寄托了背井离乡的伤感之情。施肩吾较早通过诗歌的形式反映澎湖一带人民的生活,倍受历史学家和文学评论家的重视,其海洋诗歌具有重要的历史文化意义。

鬻海歌

悯亭户也

柳　永

鬻海之民何所营,妇无蚕织夫无耕。衣食之源太寥落,牢盆鬻就汝输征。[1]年年春夏潮盈浦,潮退刮泥成岛屿。风干日曝咸味加,始灌潮波增成卤。[2]卤浓咸淡未得闲,采樵深入无穷山。豹踪虎迹不敢避,朝阳山去夕阳还。船载肩擎未遑歇,投入巨灶炎炎热。晨烧暮烁堆积高,才得波涛变成雪。自从潴卤至飞霜,[3]无非假贷充糇粮。[4]秤入官中得微直,一缗往往十缗偿。[5]周而复始无休息,官租未了私租逼。驱妻逐子课工程,[6]虽作人形俱菜色。鬻海之民何苦辛,安得母富子不贫。[7]本朝一物不失所,愿广皇仁到海滨。甲兵净洗征输辍,君有余财罢盐铁。[8]太平相业尔惟盐,化作夏商周时节。[9]

【作者简介】

柳永(约984—约1053),崇安(今福建武夷山市)人,字耆卿,家中排行第七,世称柳七。又名三变,字景庄。宋仁宗景祐元年(1034)进士,先后任睦州团练推官、余杭县令、晓峰盐场监官和泗州判官等职,以屯田员外郎致仕,故世称"柳屯田"。他怀才不遇,以"白衣卿相"自许,自称"奉旨填词柳三变"。柳永是婉约派词人的著名代表,词作雅俗共赏,影响深远。现在,武夷山风景区建有柳永纪念馆。

【注释】

1.牢盆:煮盐器,用来煮海水的盆子。输征:交税。

2.增:通"溜",流动。卤:盐水。

3.潴:积水。飞霜:指盐。

4.假贷:借用来还债。糇粮:干粮。

5.缗:量词,一千文铜钱串在一起,称为一缗。

6.课:督促。

7.母:喻国家。子:喻百姓。

8.罢盐铁:取消盐铁税。

9.夏商周:后人常把这三代看作太平盛世。

【赏析】

《鬻海歌》又名《煮海歌》，写作于柳永任晓峰盐场监官时。作者以"悯亭户也"四字小序点明题旨，表明所关注的是底层百姓的生活，希望能传达民意，解除百姓疾苦。

本诗可以分成两个部分。第一部分从开篇到"虽作人形俱菜色"，描述盐民的贫困生活。诗的开头四句为全诗的引子，通过描绘以"鬻海"为生、不从事农耕和纺织的盐民生活，来展示盐民煮盐的艰难。接着，诗人进一步揭示盐民在政府和私人地租压迫下的困苦生活。第二部分则是向最高统治阶层呼吁关注盐民悲惨的处境，并以讽谏的方式结尾，恳求废除煮盐税和劳役。

"鬻海之民"指依靠煮沸海水制盐为生的海边居民。诗的前四句便描述了这些盐民的生计：由于沿海地区的土地盐碱重，无法种植桑树和五谷，导致妇女无法织布，男子也无法耕种，衣食无着，只能依赖煮沸海水制盐来抵缴政府的租税。第五句至第十二句详细描绘了煮盐的过程。每年春夏季，随着海水的潮起潮落，盐民们需要挖泥筑堤，蓄存一部分海水。经过风吹日晒，海水逐渐蒸发，盐分增加，这时才开始制作盐卤。尽管经过处理的海水已经变得很浓，但盐味仍然较淡，因此盐民们不得不深入山林砍柴，用以煮沸海水，最终制成食盐。深山砍柴极其危险，时常会遭遇豺狼虎豹的袭击，却无处逃避，为了生存只得早出晚归。将砍伐的木柴通过船运肩扛，从深山中运出来，一刻不停地投入巨灶之中，熊熊火焰，从早烧到晚，才能将海水烧成雪花般洁白的盐。随后，诗人描写了制盐过程中的艰辛生活。从海水制成卤水，再制成如霜般白色的盐，几个月的辛勤劳作中，盐民们只能依靠借贷来获得食物，勉强维持生计。将制成的盐卖给政府，所得的钱财往往不足以偿还高利贷。如此年复一年，辛苦劳作，不得休息，每天都在为还不清的债务而忧愁。官方的租税还未缴清，放贷者又来催债。家中不仅主要劳动力要辛劳，还得驱使妻子和孩子一起去完成劳役。劳累和饥饿使得全家人面容憔悴，脸色苍白。从"鬻海之民何苦辛"至诗歌的结尾,表达了诗人对朝廷的期望和建议:希望皇家仁德能迅速扩展至海边盐民,使他们脱离苦海,让天下百姓都能过上和平的生活,摆脱繁重的兵役和劳役;期望政府财政宽裕,废除盐铁业的税收;希望宰相能像调味料中的盐一样,在治国中发挥关键作用,使国家回归夏商周三代的太平盛世。

此诗描写北宋时期海边盐民的生活,他们只能煮海为生,穷困艰苦。柳永对贫苦的盐民充满同情,希望朝廷能够免除税收,让人民过上平安富足的生活。全诗语言质朴,通俗易懂,用盐民的口吻诉说他们生活的艰辛,读来亲切自然,真挚动人,充分体现出柳永仁政为民的悲悯情怀。

宿海边寺

蔡 襄

潮头欲上风先至,海面初明日近来。
怪得寺南多语笑,¹蜑船争送早鱼回。²

【作者简介】

蔡襄(1012—1067),字君谟,福建仙游人。宋仁宗天圣八年(1030)进士,先后担任过馆阁校勘、知谏院、直史馆、知制诰、龙图阁直学士、枢密院直学士、翰林学士、端明殿学士等职,出任福建路转运使,知泉州、福州、开封和杭州府事。卒赠礼部侍郎,南宋乾道年间(1165—1173),追谥"忠惠"。蔡襄为人忠厚正直,讲究信义,而且学识渊博,书艺高深。蔡襄书法以其浑厚端庄,淳淡婉美,自成一体。传世碑刻有《万安桥记》《昼锦堂记》及鼓山灵源洞楷书"忘归石""国师岩"等珍品。现存有《蔡忠惠公文集》。

在北宋的闽籍诗人中,蔡襄在福建任官最久,足迹遍及兴化、福州、泉州、漳州、建宁、南剑州、邵武和汀州等州、府、军。蔡襄担任泉州太守时,主持建造了中国现存年代最早的跨海梁式大石桥——泉州洛阳桥；任福建路转运使时，倡导种植福州至漳州700里驿道的松树；主持制作武夷茶精品"小龙团"，所著《茶录》总结了古代制茶、品茶的经验。所著《荔枝谱》被称赞为"世界上第一部果树分类学著作"。

【注释】

1. 怪得：难怪。

2. 蜑船：古代南方有世代以船为家的人，称为"蜑民"，其船称"蜑船"。

【赏析】

在南方沿海地区或海岛上，有世代以船为家的人，称为"蜑民"。蜑民一辈子居住在船上，打鱼谋生，生活极为艰苦简朴。唐代诗文多以"蛟人"来称呼蜑民。海边寺在今福建省漳州市龙海区的海澄镇，《宿海边寺》记录了蔡襄住宿在漳州海边寺的所见所闻，描写海滨清晨的风光与蜑民出海捕鱼归来的情形。

在这首诗中，蔡襄运用生动的语言，展现了一幅海边早市喧闹的生活画卷。"潮头欲上风先至"形象描绘出海潮涌来的特点。海边清晨的海风首先吹过，紧接着才是潮头的涌起，身体的感知先于眼睛所见，体现出诗人对海洋气候现象的敏锐观察。"海面初明日近来"也非常准确传神地描写清晨海面刚显露出曙色的景象。一轮红日从海边天际跃出，在广袤的海平面上，人们感觉红日近在眼前。前两句描绘了海边日出的美景，使读者感受到清晨的宁静和希望，后两句则转而描绘渔民的生活和喜悦。"怪得寺南多语笑，蜑船争送早鱼回"写诗人捕捉到早市渔民满载而归的交货场景，表现了渔民生活的繁忙和笑声，写出辛勤劳作之后的收获。诗人能在喧闹的日常情景中体味到一种简单生活的快乐与满足，把诗意的海边景象与写实性劳动场面相互交融在一起，体现出诗歌取材立意的高妙。诗人对渔民生活的赞美和关怀，蕴含着深切的人道主义思想。

飓风二绝

李　纲

自从岭海入闽中，乃始今朝识飓风。

南极只愁天柱折，兰台休更论雌雄。

云气飘扬万马驰，占风先有土人知。

飞沙拔木浑闲事，只怕山园损荔枝。

【作者简介】

李纲（1083—1140），字伯纪，号梁溪先生，福建邵武人，出生于常州无锡梁溪。两宋之际抗金名臣，民族英雄。宋徽宗政和二年（1112），李纲登进士第，历官至太常少卿。宋钦宗时，授兵部侍郎、尚书右丞。靖康元年（1126）金兵入侵汴京时，任京城四壁守御使，团结军民，击退金兵。但不久即被投降派所排斥。宋高宗建炎元年（1127），一度起用为相，曾力主革新内政，北伐抗金，恢复中原，被投降派谗毁，仅77天即遭罢免。绍兴二年（1132），复起用为湖南宣抚使兼知潭州，旋即又遭免职。他多次上疏陈诉抗金大计，均未被采纳。绍兴十年（1140）病逝，追赠少师。淳熙十六年（1189），特赠陇西郡开国公，谥号“忠定”。李纲能诗文，写有不少爱国篇章。善于作词，咏史题材最为劲健，词风以豪放为主。著有《梁溪先生文集》《靖康传信录》《梁溪词》。

【赏析】

在中国古代诗词中，流传下来的描写海洋灾害的作品并不多见。李纲的《飓风二绝》描写飓风的极度恐怖，传达诗人对于百姓生活的深沉关怀。

第一首诗中,诗人交代自己来到闽中,才亲身体验并见识到飓风的威力。"南极只愁天柱折,兰台休更论雌雄"一句直接写出飓风灾害的威力巨大,仿佛能折断天柱,摧毁一切。诗句表现出人类对自然力量的惧怕和敬畏。

第二首诗歌具体描写了飓风的恐怖情形以及造成的灾害。"云气飘扬万马驰",云气如同战马般奔腾,预示着即将到来的风暴,展现出飓风的威力可怖。"占风先有土人知",意味着有人能预测飓风的来临,当地民众对自然灾害具有敏锐的预知和应对能力。最打动人心的是诗的最后两句:"飞沙拔木浑闲事,只怕山园损荔枝。"在这里,飓风的威胁被淡化,取而代之的是对荔枝林的担忧。诗人担心飓风可能会损害沿途农家的荔枝树,而这些荔枝树可能是农民家庭经济的重要来源,显示出诗人深婉细腻的忧悯之心。

《飓风二绝》描述了台风的可怕情景和严重后果,也展示了古人对自然灾害的认知和应对方法。尤为重要的是,诗歌表达了诗人对于农民的深切关怀。这种悯农情怀,使得诗歌呈现出深刻的社会意义。

次海上长亭村

陈知柔

行到山穷处,微茫岛屿青。百年多逆旅,[1]万事一长亭。风雨晚潮急,鱼虾晓市腥。平生诵佳句,今见海冥冥。(自注:老杜台州地阔海冥冥。[2])

【作者简介】

陈知柔(? —1184),字体仁,号休斋,福建永春人。宋绍兴十二年

(1142)进士,初授台州判官,后历任建州、汀州教授,循州、贺州知府,以及福建安抚司参议官等职务。陈知柔因不依附于权臣秦桧而遭到解职,转而主管冲佑观。这些经历不仅展现了他的行政才能,也让他有机会深入了解民间疾苦,体察社会现实。陈知柔在文学、音韵学等领域均有建树,著有《诗声谱》二卷和《休斋诗话》五卷,可惜这些著作在后世大多佚失,仅留下零星记载。

【注释】

1.逆旅:客舍,旅馆。

2.本句为诗人自注。老杜即杜甫,杜甫的诗歌《题郑十八著作虔》中有:"台州地阔海冥冥,云水长和岛屿青。"

【赏析】

陈知柔不依附权贵,不随波逐流,曾伴随朱熹游历名胜古迹,畅谈诗书人生。《次海上长亭村》是诗人在旅途中暂时停宿在长亭村的所见所感。诗人运用简洁的白描手法,描绘出独具海岛特色的长亭村景象。

首联两句,以"行到山穷处"为引子,既是诗人对行路至尽头的直接描述,也隐含着人生旅途中的困境与转折。随后,"微茫岛屿青"一句将视线从陆地引向远处青翠的岛屿,给人一种辽远而微茫的感觉。此处作者借用了王维"行到水穷处"和杜甫"台州地阔海冥冥"的诗意,将"岛屿青"的意象融入自己的诗作。颔联"百年多逆旅,万事一长亭",是诗人对人生哲理的深刻感悟,也是诗歌的点睛之笔。诗中"百年"与"万事","逆旅"与"长亭"相对,巧妙地将长亭村化用进诗中。"逆旅"指的是客舍,这里用来比喻人生如同旅行,充满了不确定性和无常。"长亭"指"长亭村",也指古人送行话别的"长亭",一语双关。这里用"长亭"来比喻世事的变迁和人生的聚散离合。无论多少事情,最终都如同在长亭中的短暂停留,终究要面对离别和结束。这两句诗句,既表达诗人对人生无常、世事沧桑的感慨，又透露出一种超脱与淡然。颈联"风雨晚潮急，鱼虾晓市腥"，通过对海边晚潮和早市的描写，展现了海边生活的繁忙与生动，进一步丰富了诗歌的画面感。晚潮的急促和早市的鱼虾腥味，都是海边生活的真实写照，也反映了诗人对平凡生活的观察和体验。尾联二句转向自我情感的抒发。诗人提到，一生中阅读过无数佳句，但对杜甫的"台州地阔海冥冥，云水长和岛屿青"特别推崇。这也反映了他此刻的境遇，眼前只见一片汪洋大海。诗人将自己的遭际与杜甫联系起来，体会到如同浮萍一样漂泊的无助与辛酸，其中的孤独又有谁能真正理解呢？通过这样的共鸣，我们更深刻地理解诗人内心淡然与惆怅交织的万般思绪。

《次海上长亭村》是一首融自然景观与人生哲理于一体的佳作。诗人以行旅为线索，描写海上长亭村的海洋特性，抒发自己对人生世事与自然万物的深刻体悟。全诗意境开阔，情感真挚，诗中蕴含的哲理和感慨，至今仍能引起读者的共鸣。

岛上曲二首

谢　翱

皮带墨鳞身卉衣，晚随鬼渡水灯微。
石门犬吠闻人语，知在海南种蛤归。

夫招贾客岁经辽，自到城中卖织绡。
却买铅华采珠母，槟榔露下月中调。

【作者简介】

谢翱（1249—1295），字皋羽，一字皋父，自号晞发子，福建福安人。幼时熟读历史上忠诚英烈的传记，养成了封建文人落拓不羁的个性与坚贞

51

气节。他早年随父迁至闽北的浦城定居。1265年,谢翱参加进士考试但未获成功,之后在漳州、泉州一带生活。当时,元朝军队占领临安,南宋的统治土崩瓦解。得知文天祥在南剑州(今南平市)设立都督府后,谢翱毅然卖掉家产,组织了数百名乡勇加入文天祥的军队,随其征战于漳州、梅州、赣州等地。他们的军事行动引起了元朝廷的极大震动,元世祖遂命令大将张弘范带领两万多大军,分水陆两路南下镇压。在潮州的战斗中,文天祥因兵败被俘押往大都。1283年,文天祥殉国的消息传遍全国,谢翱听闻后,面北哀悼,悲痛欲绝。此后,谢翱自称粤人,以晞发子为号(意为道士),在越山、西湖等地组织了具有强烈政治倾向的诗社"月泉吟社"和"汐社",并联合郑思肖、邓牧、林景熙等一批追念南宋的知识分子,相互唱和,抒发亡国之痛。

【赏析】

《岛上曲》这两首绝句,虽然各自独立,却又紧密相连,共同构成了一个完整的生活场景,表现了海岛居民的独特生活。第一首诗中,"皮带墨鳞身卉衣"一句形象描述海岛渔民的独特服装。衣服上墨色的鳞片反射着微光,夜晚随着微弱闪烁的水灯而移动,这是渔民夜晚艰辛劳动的细节描写。接着通过犬吠和人语的声音,将我们引入了一个更为具体的生活场景。石门犬吠,意味着有人归来,是温馨与活跃的画面。"知在海南种蛤归"进一步揭示了海岛居民的生活方式。他们捕捞蛤蜊,以此为生,这种朴素而真实的生活画面,让人感受到了海岛居民的勤劳和乐观。

第二首诗则转换了场景,将我们的视点引入海岛的市场。"夫招贾客岁经辽,自到城中卖织绡",此二句描绘海岛居民与外来商人的交易场景,他们将自己织造的物品带到市场中出售,以此换取生活的必需品,体现了海岛居民的经济活动。最后两句"却买铅华采珠母,槟榔露下月中调",则进一步描绘海岛居民的生活情趣。他们购买铅华来装饰自己,采集珠母来制作饰品,甚至在槟榔树下、月华之中,调制着生活的乐章。这些日常生活细节不仅富有生活气息,也展现了海岛居民的审美追求和生活情趣。诗句不重藻饰,不事雕琢,自然之中又措辞不俗,蕴含着诗人深切的同情和欣慰。

崇武观潮

王　约

篙师波里立,[1]万坎皆为雷。[2]云物任神幻,风波自阖开。[3]
帆轻与水去,鹰少从天来。应想闺中子,[4]眼穿人未回。

【作者简介】

王约(1531—1605),字伯一,号仰石,福建惠安人。王约自幼受到程朱理学的教育,志向远大。明万历五年(1577)荣登进士,初任礼部行人,节使册封,以廉洁闻名。升任户部主事,监运粮饷,毫不徇情。任惠州、琼州太守,驻南宁、辖交趾,成为南疆藩屏之臣。除了经邦济世,安边护国,勋业卓著外,王约在文学上也有成就,著有《飞鸿日草》八卷行世。《惠安县志》记载评述王约是"仁者之心""长者之风"。

【注释】

1.篙师:用竹竿或木杆撑船的人。

2.雷:此指波涛之声。

3.阖:合。

4.闺中子:家中的妇女。

【赏析】

《崇武观潮》描绘了一幅波澜壮阔的海洋画卷。首联巧妙地将撑船人刻画为立于波峰浪谷之上的勇士，将海浪的轰鸣比作隆隆雷声，以此凸显水手们超凡的航海技艺和英勇无畏的精神。颔联随之将视角从天穹拉至海面，再由海面升至天空，生动地刻画了变幻莫测的云气与肆意奔放的波浪。颈联紧接着渲染随波逐流的轻盈帆船和翱翔天际的雄鹰。云物神幻、风波开合、轻帆逐浪、鹰击长空，这幅画面壮丽而富有动感，将海洋的神秘与壮美展现得淋漓尽致。

值得一提的是，王约在这首诗中运用了富有情节性的表现手法，使得画面并非静止不变，而是充满动态与张力。那乘风破浪、轻捷远去的帆影，逐渐隐没在迷蒙的云雾之中，直至消失不见，这一情节无疑紧紧抓住了读者的心弦，让人急切地盼望渔船能在滔天的风浪中安全归来。然而，眼见的现实却是稀疏的雁阵从遥远的天边飞过，船儿究竟去了哪里？这种悬念与担忧交织的情感，使得诗歌更加引人入胜。尾联中，诗人由景触情，联想到那些在家中焦急等待丈夫出海归来的渔妇们，流露出对海边渔民家庭的深切关怀。这种由己及人的描写方式，充分展现了诗人对渔民艰苦劳动和渔妇焦灼心情的深刻理解和同情。

《崇武观潮》不仅描绘了一幅栩栩如生的海洋画卷，更是一首充满人文关怀与情感共鸣的佳作。王约以独特的艺术才华和深厚的仁者之心，将海洋的壮美与渔民的生活情感完美融合，成就了这首海洋诗篇的杰出之作。

观打渔歌

池显方

海人捕鱼太苛密，设法浅深恣罗织。扣舷乱急惊使聚，要于潮路欺其人。风晴日夕宿海外，钓得巨鳞如舟大。力致奇鲜献贵人，以为轩顽不屑睑。彭湖冬月饶青鱼，连群塞浪相招呼。前队有力溃

围出，殿者单弱尽坠罘。物精既竭水族怒，时变风雷击远渡。不贪
芳饵与肥流，宁徒洪渊饮清素。盗贼干戈犹未已，安知非彼反乎尔。
我劝渔人收钓网，全却生成天所喜。

【作者简介】

池显方（1588—?），字直夫，号玉屏，福建同安人。明天启四年（1624）
八月，应天府试举人。池显方是晚明时期为数不多的居住在厦门本岛的
文人之一，后移居同安县城。外国侵略者为害一方时，池显方能够客观认
识剿夷战争，提出切中时弊的建议。他喜游山川，诗文作品中不乏对厦门
景点和海洋的描绘。著有《晃岩集》《玉屏集》。

【赏析】

除了纯粹的海洋风景描写，池显方在他的诗作中表现出独到的海洋
意识。他注意到海洋生态的平衡与保护问题。海洋是渔人赖以生存的环
境，可是许多地方存在过度捕捞危害生态的现象。池显方的《观打渔歌》
表现了诗人对海洋生态的关注，提出合理捕捞与注重生态和谐的长期发
展理念。

首先，诗人描绘渔人捕鱼的场景，深深浅浅的罗网遍布海面，"扣舷乱
急惊使聚"，表现了野蛮捕捞的场面。而渔民的生活也是充满了艰辛，终
日在海洋上辛勤劳作，露宿海外。他们必须把收获的海产品拿去售卖，才
能谋生。"钓得巨鳞如舟大"，急功近利的过度捕捞导致海洋生物逐渐枯
竭，这种现象不仅威胁到渔人的生存，也破坏了海洋生态的平衡。

其次，通过描绘海洋生物的反应，揭示人类行为对海洋生态的影响。
"物精既竭水族怒"，诗人把海面上的波涛汹涌看作是海洋生物因渔人过
度捕捞而愤怒所造成的。这种愤怒不仅是水族对自身生存环境的抗议，
也是对人类中心主义思想的警示。"时变风雷击远渡"，写出大自然奇异
现象的产生，是对人类过度开发海洋的一种惩罚。

最后,诗人呼吁应该合理开采与利用海洋资源,提出解决海洋生态危机的建议。"我劝渔人收钓网,全却生成天所喜",这是诗人对人类行为的深刻反思,他希望人们能够意识到海洋生态的重要性,合理开采与利用海洋资源,这样才能实现生生不息。

《观打渔歌》是一首揭示海洋生态危机的诗歌,旨在说明渔人不知节制的捕捞将会使资源枯竭,呼吁要合理开发与经略海洋。但是从深层次原因分析,渔人如此不知节制也是因为明末政治腐败,一些地方官员压迫人民,苛捐杂税导致百姓生活艰苦。

海舶杂诗

刘家谋

衾寒客梦五更多,惊醒船头起碇歌。[1]

乡语侏僸听不得,余音都作《海罗梭》。

(车蓬起碇,皆唱《海罗梭》曲[2]。)

【作者简介】

刘家谋(1814—1853),字仲为,又字芑川,福建侯官(今福州闽侯)人。道光十二年(1832)举人。初任福建宁德县学教谕。道光二十九年(1849)秋季,刘家谋从侯官启程,取道渔溪、兴化、涂岭、惠安、泉州,从厦门登舟渡海到台湾。在台湾任府学训导三年,不幸在三年期满后病逝于台湾任所。工词赋,著作有《东洋小草》《开天宫词》《东洋纪程》《观海集》《海音诗》等十余种。其中《观海集》四卷与《海音诗》两卷系其在台时所作诗歌,内容多关注台湾风土民情。

【注释】

1.起碇歌:船工歌唱的曲调。

2.《海罗梭》曲:船工用闽南方言歌唱的行船号子。

【赏析】

刘家谋在宦台期间创作的诗歌,均为感怀时事的采风问俗之作,这些诗歌描绘了海上交通及海道之险,以及节日、婚嫁习俗、劳动生活等,取材广泛,再现了当时台湾社会的风土民情,对于后人了解当时的台湾民俗具有重大作用。

《海舶杂诗》是一首充满地域特色的诗歌。诗的开篇就营造了一种寒冷而孤独的氛围。诗人在异乡的船上,夜深人静时被惊醒,感受到了深深的孤独和寂寞。这种情感,为后面的内容埋下了伏笔。接着,"惊醒船头起碇歌"一句描绘了清晨海港的繁忙景象。起碇歌是船工们为了统一行动而唱的歌曲,航海路途中依靠舟楫之利,强调船工齐心协力的呼号。起碇歌曲打破了夜的宁静,也唤醒了诗人的思乡愁绪。"乡语侏儒听不得,余音都作《海罗梭》",表达了诗人对家乡和亲人的深切思念。《海罗梭》曲调是船工用闽南方言歌唱的行船号子,充满了福建家乡的气息和情感。"听不得"暗示了诗人内心的矛盾和挣扎,乡音会更加触动他的乡愁和飘零异乡的孤独感。在这里,诗人将所有的情感都寄托在了《海罗梭》上,表达自己对家乡的思念眷恋和羁旅愁绪。

本诗描绘诗人从泉州赴任台湾的海路旅途中的所见所感。无论是描绘夜晚的寒冷,还是描绘船工的起碇歌,或是描绘乡音和《海罗梭》的歌声,都充满了诗人对故乡的思念之情。这种情感深沉而强烈,使得这首诗具有很强的历史文化内蕴。

咏官井洋

张光孝

四月群鳞取次来，罾艚对对一齐开。[1]

千帆蔽日天飞雾，万桨翻江地动雷。

钲鼓喧阗鱼藏发，[2]灯光闪烁夜潮回。

买鱼酤酒年年列，吩咐家人备玉醅。[3]

【作者简介】

张光孝（1821—1889），号兰郊，福建省霞浦竹江人。清代同治年拔贡，捐训导，清道光间赠奉政大夫。著有《竹江论史》《经史印记》。

【注释】

1.罾艚：渔船。

2.喧阗：声音大而杂；喧闹。

3.醅：没过滤的酒。

【赏析】

官井洋位于福建省宁德市霞浦县和蕉城区境内，东临台湾海峡，有出海口与海峡相连。据《福宁府志》记载，因洋中有淡泉涌出而得名，是大黄鱼产卵洄游基地、国家级水产种质资源保护区。《宁德县志》中记载："洋底有井，波涛易作，又号三江口。"宁德市官井洋大黄鱼名列首批国家级水产种质资源保护区名单。

《咏官井洋》是一首描绘渔业丰收喜悦的诗。首联"四月群鳞取次来，罾艚对对一齐开"以生动的笔触描绘了官井洋黄鱼大发时的盛况。四月正是黄鱼肥美的季节,渔民们驾驶着渔船,一字排开,开始捕鱼的工作。"群鳞""取次来"等词语,形象地描写出黄鱼的质量之高和数量之多。中间两联极尽勾勒渲染之能描绘丰收的画面:千帆蔽日,万桨翻江,钲鼓喧闹,灯光闪耀,日夜不停地捕捞,一派繁忙的劳动景象。诗人用"千帆蔽日""万桨翻江""天飞雾""地动雷"等词语,赋予这一场景以神秘和壮观的效果,突出开渔活动的隆重仪式。尾联"买鱼酌酒年年列,吩咐家人备玉醅",则以温馨的画面结束这首诗。每年此时,社鼓喧腾,家家喜气洋洋。"买鱼酌酒""备玉醅"等词语,既写出人们庆祝渔业丰收时的传统活动仪式,也是人们对美好生活的向往和追求。

诗歌运用铺排的手法,描绘了官井洋黄鱼大发时的丰收景象,展现了渔民们辛勤劳作、繁忙而欢乐的生活场景。这首诗不仅具有很高的艺术价值,也反映了清代宁德地区海边渔民的风俗习惯和生活状态。

咏东虎洋[1]

张光孝

子鱼将上黄鱼发,大鲻才收小鲻开。[2]
潮退泥埕饶蛤蚌,风掀波浪殷云雷。
岛如卧虎中流柱,贤为伤麟五路来。[3]
当日亭前传笑语,至今胜迹在江隈。[4]

【作者简介】

见张光孝《咏官井洋》。

【注释】

1.东虎洋:即东港洋,在霞浦县。相传朱熹曾在五路亭俯瞰此江,谓江东一岛形似卧虎,故名东虎洋。当地老百姓因方言口音"h(虎)"与"w(吾)"不分,新中国成立后,地图上的地名标注成"东吾洋"。

2.罳:打鱼网。

3.这句是指宋代理学家朱熹为了躲避"伪学之禁"来到五路亭。他在霞浦县长春镇武曲村度过了近半年的避难时光,期间不仅讲学传道,还游览了当地的名胜古迹,并为村民做了许多好事。五路亭,在今霞浦县。

4.隈:山、水等弯曲的地方。

【赏析】

本诗咏叹霞浦东吾洋的富饶和壮观。前四句描写东吾洋欣欣向荣的渔业生产。首联"子鱼将上黄鱼发,大罳才收小罳开",生动地描绘了渔民们忙碌的场景。他们驾驶着渔船,撒下大大小小的渔网,收获子鱼、黄鱼等各类海产品,期待着丰收的喜悦。颔联"潮退泥埕饶蛤蚌,风掀波浪殷云雷",真实展现了东虎洋独特的海洋生态环境。海水退潮时,无垠的滩涂上呈露出众多的花蛤海蚌的贝类;风吹浪打时,海面上波涛汹涌,仿佛雷声隆隆,给人以强烈的视觉和听觉震撼。后四句触景生情,描写东虎洋的壮观景象与历史传说。颈联"岛如卧虎中流柱,贤为伤麟五路来",写出东虎洋的历史人文内涵。东虎洋中的一座岛屿形状酷似一只卧虎,静静地矗立在江中,仿佛是一只守护着这片海域的神兽。这里同时也是历史上著名的理学家朱熹曾经驻足的地方,他的教育思想和业绩影响了无数的乡人。尾联"当日亭前传笑语,至今胜迹在江隈",表达了诗人对东虎洋文化意蕴的敬仰之情。当年,朱熹在五路亭前留下的笑语和足迹,传诵至今,成为了历史的见证,也成为当地人们宝贵的精神财富。

穿过狂风巨浪的船

许海钦

在这里,没有更高的山峰了/只有你,稳住大海的重心/为了那个美丽的港湾/为了完成依次神圣的航程/你不能落下尊严的风帆

那泛着血和泪的狂浪已被堵住/风暴也在夜里凝固/东方刚漾起一丝折光/你飘逸的英姿/便溢出海平线

你是穿过狂风巨浪的船/我要问/你怎么不想歇息/你怎么不为苦楚的伤痛而暴怒

是朝霞收去你无限的疲倦/是海风涤平你淌血的伤口

【作者简介】

许海钦(1962—　　),福建东山人,福建省作家协会会员,漳州市诗歌协会副会长,东山县作家协会副主席。著有《蓝色血液》《守望那片海》《心海涛声》等诗集。

【赏析】

许海钦的诗歌创作植根于他的个人经历,尤其是他早年与海为伴、历经艰辛的讨海生活。这种生活体验不仅为他提供了丰富的创作素材,更深刻地塑造了他对大海多维全面的情感认知。在许海钦的笔下,大海被赋予了多重意象,既是博大辽阔、丰美富饶的自然奇观,也是凶险凝重、危机四伏的所在。"大海养育了我,又折磨过我",因此他才能认识大海丰富的面向,抒写对大海既爱又恨、既依恋又恐惧的复杂情感。

《穿过狂风巨浪的船》创作于1987年,是诗人对海洋生活经验的艺术

提炼,是对航船和渔民汉子的真挚赞颂。诗人将海洋上的船进行拟人化处理,赋予它们灵性,感知风暴、阳光、朝霞与海风,从而表现出诗人对于海洋航船的浓厚且炙热的情感。当然,它也可以被看作一首充满象征意义的诗歌,穿过狂风巨浪的船传达出坚韧不拔和永不放弃的精神。

　　首段中,诗人将船比作稳定大海重心的存在,船的使命是为了达到美丽的港湾,完成神圣的航程,这象征着人生中追求的目标和理想。面对挑战,我们需要坚守内心的信念和尊严。第二段的诗句直抒胸臆,情谊深切,描述航船经历暴风雨后所迎来的希望和平静。"东方刚漾起一丝折光"寓意着新的开始和希望的光芒,"你飘逸的英姿/便溢出海平线"则表现了从容自信,从困境中突破而出的勇敢形象。第三段诗句中,诗人直接向船发问——"我要问/你怎么不想歇息/你怎么不为苦楚的伤痛而暴怒",通过设问的形式,增加了诗歌的互动性和情感深度,让读者能够更深入地思考船(或渔民汉子)为何能在苦难中继续前行。随后的句子提供了答案:"是朝霞收去你无限的疲倦/是海风涤平你淌血的伤口"。诗人以发现自然美的眼光咏叹海洋上的航程,是大自然的朝霞和海风,疗愈着船员的疲惫甚至抚平创伤。

黄花汛[1]

三月黄花浪,四月白鲳山

——官井渔谣

谢宜兴

　　那花说开就开了/纯金的花瓣如云如浪/一千双眼睛忙也忙不过来/那汛说来就来了/鱼香袅袅的洪流/十万个闸门挡也挡不住

　　一座会游动的岛屿/一座会唱歌的山啊/渔民们在舷边俯瞰/一时竟愣着忘了撒网/其实也真不知道如何下网/谁能一网拉起一座山呢

当然网还是下了/但满载而归这时不算凯旋/少年的我坐在老家门口/想金锭是怎样长出鱼鳍/鱼谣的鳃帮轻轻翕动/鱼筐就已气喘吁吁

【作者简介】

谢宜兴(1965—)，福建霞浦人。当代著名诗人，与刘伟雄共同主办《丑石》诗刊。中国作家协会会员、福建省诗歌朗诵协会副会长。多次获福建省百花文艺奖、福建省优秀文学作品奖。著有诗集《留在村庄的名字》《银花》《呼吸》《梦游》等。

【注释】

1.黄花：大黄鱼，闽东俗称"黄花鱼"。"黄花汛"期，发情的大黄鱼"咕咕"吟唱，在海面如云集浪涌。

【赏析】

谢宜兴创作了有关大黄鱼的组诗《家乡官井黄花园》。官井洋是全国唯一的大黄鱼产卵洄游基地，正是因为大黄鱼游经此处，才让"名不见经传的官井洋啊/像一棵碧波荡漾的梧桐树/栖息了天外飞来的金凤凰"(《黄花官井》)。在《黄花官井》《黄花汛》诗歌中，诗人将大黄鱼比作小女子，描写大黄鱼在官井洋中轻快活泼的生存状态，语言清丽质朴，极尽渲染大黄鱼的活泼可爱，也传达出了诗人对于养育大黄鱼的故乡——官井洋的自豪之情。

《黄花汛》这首诗通过独特的意象和生动的场景描写，展现了自然界的奇妙变化和渔民生活的丰富情感。"三月黄花浪，四月白鳓山"，概括出大黄鱼洄游、生长的状况。诗歌将开花的季节与鱼群迁徙的自然现象联系起来，"纯金的花瓣如云如浪"，不仅描绘了黄花鱼的颜色与质感，在海面如云集浪涌，也暗示着珍贵的自然资源。随后引入"鱼香袅袅的洪流"，将读者的感官从视觉转移到嗅觉。"十万个闸门挡也挡不住",强化了"黄花汛"自然生命力的磅礴和雄伟。"一座会游动的岛屿／一座会唱歌的山啊"更是妙笔生花,将渔场比喻为能游动的岛屿、会唱歌的山,描绘了鱼群数量之多、场面之壮观,"咕咕"吟唱声之美,也表现了自然界的和谐与美妙。渔民们俯瞰着黄花鱼汛这一幕,竟然愣着忘了撒网,"谁能一网拉起一座山呢",在神奇自然的巨大恩赐面前,人类感到震撼与敬畏。诗歌的最后部分转向哲理性的思考,"金锭是怎样长出鱼鳍"的设问句式,引人深思海洋与生命的奥秘。通过这个问题,诗人表达了对生命起源和自然循环的好奇心和敬畏感。最后,"鱼谣的鳃帮轻轻翕动／鱼筐就已气喘吁吁"的描述,则体现了渔民劳动的辛勤和收获的喜悦。

泉港山腰盐场晒盐

第三部分　福建航海与对外经济文化交流

　　本部分选取自唐代至今不同历史时期的诗歌,全面展现了福建航海活动与对外经济文化交流的繁荣景象。这些诗歌描绘航海所见的自然景观与技术成就,反映福建与海外国家的经济、文化交流,以及桥梁建设等方面的历史贡献。通过本部分诗歌,读者可以感受到福建在历史上的开放性与国际化,认识福建在海上丝绸之路中的重要地位。

贾　客

黄　滔

大舟有深利，沧海无浅波。

利深波也深，君意竟如何。

鲸鲵齿上路，何如少经过。

【作者简介】

黄滔（840—911），字文江。福建莆田人。晚唐五代著名文学家。唐乾宁二年（895）进士，官至国子监四门博士，因宦官乱政，愤然弃职回乡。当时，"开闽圣王"王审知主政福建，黄滔悉心辅佐王审知：主张节约官府开支、减轻百姓赋税和徭役负担；重视商业发展，开辟港路以繁荣海上贸易；强调建立学校、培育人才，以推动地方文化的兴盛。作为福建早期的文学家，黄滔被誉为"闽中文章初祖"，著作《黄御史集》流传至今。他编辑了第一部闽人诗歌总集《泉山秀句集》三十卷，为福建文化的保护与传承做出重要贡献。

【赏析】

此诗选自《全唐诗》，描写晚唐时期福建繁盛的海洋贸易以及海上商贾可能遇到的风险。诗中第一句"大舟有深利，沧海无浅波"，写明福建人驾驶大船向远海行驶进行远洋贸易，一方面有较大几率赚取到丰厚的利润，另一方面，沧海极广极深，海路险恶，海洋贸易丰厚利益的背后带来的是可能受伤丧命的风险。作者在下一句反问"君意竟如何"，引导人们理性看待问题。随后，作者提出了自己对这个问题的看法："鲸鲵齿上路，何如少经过。"诗人将凶险的海上航行比作在鲸鲵的牙齿上行走，更具象化地表现海上航行风险极高,建议少冒风险航海为好。

从整体上看,这首诗指出当时海上贸易的繁盛现象,客观评价商贾利益的丰厚及其风险,真实反映了晚唐时期海洋贸易的发展状况。

泉南歌

谢　履

泉州人稠山谷瘠,虽欲就耕无地辟。
州南有海浩无穷,每岁造舟通异域。

【作者简介】

谢履(1017—1094),字履道,泉州惠安涂岭乡人,北宋嘉祐二年(1057)进士。谢履一生为官数十载,两袖清风一心为民,其为官生涯与"水"结缘。当时泉州港汇聚了四海商贾,谢履大力整顿治安,为泉州港的发展和繁荣做出卓越贡献;任都水丞时,山东曹州府灵平县黄河故道河堤决口,他带领百姓奋力堵住决口,却不愿请功;任兴化军知府时,莆田的木兰陂(我国现存完整的古代大型水利工程之一)正在修建中,无论是征用土地、招募民工,还是发放粮食,谢履都给予最大的支持。著有《双峰诗集》。

【赏析】

《泉南歌》选自《舆地纪胜》,叙写泉州人下南洋到异域谋生的根本原因和当时泉州海上贸易的盛况。"州南有海",指出宋代晋江海外交通贸易的盛况及其原因。晋江沿海有三湾十二港,是海上交通的天然良港。

本诗前两句由泉州的自然和人文条件入手,解释了泉州农业发展并不乐观的原因。泉州一带多低山丘陵,可供耕作的土地面积本就不大,加上人口较多,因此人均耕地面积小,没有土地耕种的百姓只能另寻生路。宋元时期泉州在繁荣的国际海洋贸易中蓬勃发展,成为商旅云集、多元文化交融的港口城市。后两句诗句"州南有海浩无穷,每岁造舟通异域"体现了宋元时期泉州海上贸易的繁荣,而贸易的发展也带来了文化的传播。现在泉州市尚存的清真寺和教堂等,正是异域文化在泉州汇集融合的印证。

这首诗以质朴凝练的语言,准确概括出泉州的地理特点和海港造船优势,反映了当时泉州海外贸易的繁荣和文化的融通。泉州人不拘限于陆地,在辽阔无垠的大海上敢闯敢拼,形成了勇敢自信、开放包容的海洋精神。

谢履另有一首描写泉南的作品《诗一首》:"蛇冈蹑龟背,虾屿踞龙头。岸隔诸蕃国,江通百粤舟。"其中"岸隔诸蕃国,江通百粤舟"成为描写泉州的名句,指出当时泉州发达的海上贸易。泉州与南洋各国互通有无,在促进经济繁荣的同时也进行了一定程度的文化交流。"江通百粤舟"是一幅多么繁忙的蓬勃发展的景象啊!

泉州的港口发展历史悠久,最早可追溯到唐代。唐代泉州城内胭脂巷建有供番商集中居住的番坊。宋代泉州成为集造船、航海和贸易为一体的东方第一大港。当时的文人墨客对泉州海外交通的繁盛情景,写下许多赞美的诗句。除了谢履的诗句外,南宋初年寓居泉州近二十年的李文敏,赋诗称赞泉州港"苍官影里三州路,涨海声中万国商"。南宋中期出任泉州知府的王十朋,有描绘中外海商出港返航的诗句:"北风航海南风回,远物来输商贾乐。"

咏安平桥

赵令衿

维泉大海濒厥封,余波汇浸千里同。石井两间道所从,坐令往来划西东。怒涛上潮纩天风,舟航下颠一瞬中。孰锐为力救厥凶,伟哉能事有南公。伐石为梁柳下扛,上成若鬼丽且雄。玉龙千尺天投虹,直槛横栏翔虚空。马舆安行商旅通,千秋控带海若宫。震惊蛟鼍骇鱼龙,[1]图维其事竟有终。我今时成则罔功,刻诗涯涘绍无穷。[2]

【作者简介】

赵令衿(?—1158),字表之,号超然居士。属宋宗室,为宋太祖赵匡胤的五世孙。宋钦宗初年,赵令衿为军器少监,言事忤旨,夺官。宋高宗绍兴间(1131—1163),以都官员外郎召,因请留张浚之事又被罢官。1151年至1155年间任泉州知府,赵令衿于1151年主持续建安平桥,1152年主持建成东洋桥(安平东桥),为其在泉州时的最大功绩。著有《石井镇安平桥碑记》与《东桥碑记》。道光《晋江县志·赵令衿》记载:"绍兴二十一年(1151)知泉州。博学能文,在郡留意教养。建堂祀姜公辅、秦系于九日山下,民感其化。"泉州人感激他修桥造福地方,为他修建了赵公祠,以示怀念。

【注释】

1.蛟鼍(tuó):指水中凶猛的鳄类动物。鼍指扬子鳄,也称为猪婆龙,是一种实际存在的爬行动物。

2.涯涘:水的边缘或岸边。

【赏析】

安平桥位于泉州城西南方向的晋江安海镇与南安水头镇交界的海湾上,因桥长五华里,俗称"五里桥",为中国现存最长的跨海梁式石桥。它建成于南宋绍兴二十二年(1152),桥上及周边建有瑞光塔、桥头亭、水心亭、海潮庵、镇风塔、雨亭、望高楼、听潮楼等附属建筑。作为安平桥的主持建造者,赵令衿的诗句"马舆安行商旅通"将当时安平桥的作用概括得清晰明了。安平桥与安平东桥都建于南宋,以"双桥跨海"的景观成为安平八景之一。安平桥是泉州与广阔的南部沿海地区的陆运节点,体现出海洋贸易推动下泉州水陆转运系统的发展。

《咏安平桥》蕴含丰富的历史和地理知识,通过对泉州安平桥的描绘,展现了这一古老桥梁在交通和文化上的重要意义。安平桥作为古代重要的交通枢纽,不仅在地理上连接了不同的地区,也在文化和经济上起到了桥梁的作用。这首诗通过丰富的意象和深刻的情感,表达了对安平桥这一伟大建筑的赞美和对先人智慧的敬仰。

首句"维泉大海濒厥封"以宏观的视角开篇,描述了安平桥地理位置的独特性——靠近广阔的大海。开局不仅设定了诗歌的空间背景,也预示了安平桥在连接海洋和陆地方面的重要角色。随后,"石井两间道所从,坐令往来划西东。怒涛上潮纩天风,舟航下颠一瞬中"四句细致描绘了安平桥的环境特征,这座桥梁连接晋江的安海与南安的石井两个地方,使得东西方向的往来变成可能,即便是在狂风怒涛的恶劣天气中,也不必再担心航程船只的颠簸倾覆,行人都能在桥上往来通行。接着,诗歌更生动地描绘了安平桥的壮丽景象以及建造过程中人类的智慧和努力。"伐石为梁柳下扛,上成若鬼丽且雄",诗人将桥梁石墩的细节描绘得如此生动,不仅向读者展示了安平桥的物理特征,更彰显了这座桥梁在技术和艺术上的成就。"玉龙千尺天投虹,直槛横栏翔虚空"则用比喻的手法描写安平桥的瑰丽雄伟:波光粼粼的海渠上,倒映着安平桥长长的虹影,走在桥上的人,大有蹈海而行的感觉。"马舆安行商旅通,千秋控带海若宫",突出强调安平桥的交通作用。"震惊蛟鼍骇鱼龙,图维其事竟有终"一句描述安平桥的成功建造,使得海面犹如宫殿连成一体,车马安全通行,商业交通顺畅,这是震惊海内外的千秋伟业,令水中的蛟龙水怪都感到震惊。诗人高度肯定了安平桥的交通功能,它不仅是连接各地的交通枢纽,更是文化交流和商业贸易的桥梁。最后,"我今时成则罔功,刻诗涯涘绍无穷"则是诗人谦逊之词,体现其高尚情怀,诗句中还流露出一种对前人智慧和毅力的敬意以及对未来的期许,希望能通过这首诗将安平桥的故事传承下去。

度浮桥至南台¹

陆　游

客中多病废登临，闻说南台试一寻。

九轨徐行怒涛上，²千艘横系大江心。

寺楼钟鼓催昏晓，³墟落云烟自古今。

白发未除豪气在，醉吹横笛坐榕阴。

【作者简介】

陆游（1125—1210），字务观，号放翁。南宋著名诗人，越州山阴（今浙江绍兴）人。南宋时期文学家、史学家。宋高宗时，陆游参加礼部考试，因受秦桧排斥而仕途不畅。宋孝宗即位后，赐进士出身，历任福州宁德县主簿、隆兴府通判等职，因坚持抗金，遭到主和派排斥。乾道七年（1171），陆游应四川宣抚使王炎之邀，投身军旅，任职于南郑幕府。宋光宗继位后，陆游升为礼部郎中兼实录院检讨官，不久即因"嘲咏风月"被罢官。嘉泰二年（1202），宋宁宗诏陆游入京，主持编修孝宗、光宗《两朝实录》和《三朝史》，官至宝章阁待制。陆游的作品充满忧国忧民的深沉情感，有《剑南诗稿》《渭南文集》《放翁词》传世。

【注释】

1.浮桥：由船只联成，上架木板的桥。宋代，台江横跨福州，其上仅由两座浮桥通行，元代木桥改建为石桥，名为万寿桥。后经多次修葺。1930年改为混凝土桥面。1971年万寿桥进行全面增高拓宽，改称"解放大桥"。1995—1996年拆除重建为现代化大桥。

2.九轨:轨是车子两轮之间距离。九轨意指浮桥的桥面宽广,许多并列着的车辆的轨迹。

3.寺:指天宁寺,位于福州天宁山。

【赏析】

陆游曾两次入闽任职。绍兴二十八年(1158),陆游以宁德县主簿入闽,次年调任福州决曹。淳熙五年(1178),陆游诗名盛大,受到孝宗召见,先后任命为福州、江西提举常平茶盐公事。《度浮桥至南台》是绍兴二十九年(1159)陆游在福州创作的重要作品,描述福州台江浮桥的壮丽场面,寄寓着作者对中兴景象的憧憬。

首联中诗人交代出游的缘起,以自我描绘开篇,传达出他身处异乡、多病废登临的情境,但听闻南台之美,就决心去探寻一番。颔联两句描绘了浮桥的雄伟壮观景象,极具画面感,九轨宽的桥在汹涌的波涛上缓缓延伸,千艘船只横系在大江中,构成了一座坚实的浮桥。颈联写至南台的所见所感。"寺楼钟鼓催昏晓,墟落云烟自古今",两句诗透露出诗人对时间流逝和历史变迁的感慨,寺庙的钟鼓声标志着时间的流转,村落的云烟象征着历史的沉淀。尾联转向豪逸,"白发未除豪气在"表达诗人在自嘲中显示乐观豪迈的心境。人到中年,头发已白,但英豪之气仍在。他坐在榕树的树荫下,醉意中吹奏横笛,这一幅景象生动地展示了诗人的豪放不羁和对生活的热爱。

运用触景生情的手法来写景,是这首诗的特色。陆游在这首诗中抒发的是豪情,即诗中所写的"豪气"。作者运用衬托、夸张手法写出了浮桥的特点。以"怒涛"衬托浮桥的稳固,用"九轨""千艘"的词语进行极力夸张,写出桥面的宽阔及其雄伟的气势,体现出诗人轩昂豪迈的气概。夸张的手法,既有数量的夸张,也有描写的夸张,使浮桥的特征更鲜明突出,使之瑰丽多姿,大放异彩,给人异乎寻常的感觉。对钟鼓和云烟的描写中,"催""自"两字透露出诗人富有哲理性的深沉感慨。以"吹笛榕阴"写出自己的乐观和自豪,情景交融的手法达到极致效果。

航　海

陆　游

我不如列子，[1]神游御天风。　尚应似安石，[2]悠然云海中。

卧看十幅蒲，[3]弯弯若张弓。　潮来涌银山，忽复磨青铜。[4]

饥鹘掠船舷，[5]大鱼舞虚空。[6]流落何足道，豪气荡肺胸。

歌罢海动色，诗成天改容。　行矣跨鹏背，弭节蓬莱宫。[7]

【作者简介】

见陆游《度浮桥至南台》。

【注释】

1.列子：战国时郑人列御寇。古有列子能御风之说。《庄子·逍遥游》："夫列子御风而行，泠然善也。"御风，乘风而行，后多以咏仙道飞升。

2.安石：东晋名士谢安，字安石。《晋书·谢安传》记载他与孙绰等人泛舟，海上风起浪涌，众人惊恐，谢安依然吟啸自若。意指他具有稳定国家和安抚人心的能力。

3.十幅蒲：此为化用梅尧臣诗句。梅尧臣《使风》："跨下桥南逆水风，十幅蒲帆弯若弓。"

4.磨青铜：古人以青铜制镜，此句谓大海变幻无穷。

5.鹘：古书上说的一种鸟，短尾，青黑色。

6.虚空：天空、太空。

7.弭节：指驻节，停车。节，是车行的节度。

【赏析】

这首《航海》创作于绍兴二十九年(1159)秋天的福州。诗人以瑰丽的想象描绘海洋,其中意象幽深而奇异,构建了壮阔宏大的海洋景象。

诗的前四句引用了两位神游云海的古人的典故——列子和谢安,为全诗开篇。列子是战国时期的道家人物,相传能够"御风而行"。而谢安,是晋代的名臣,曾与孙绰等人一同乘船出海游玩。当海上怒涛汹涌时,其他人惊慌失措,而谢安神态自若,通过这件事,人们认识到谢安的气度足以安定朝野。接下来的"卧看"至"大鱼"几句,详细描绘了诗人航海时的所见所闻。在诗人眼中,在大海上航行的十幅蒲帆被强劲的海风吹得鼓胀,弧形的帆像是一张引而不发的弯弓。大海时而涌起浪潮,像是矗立起一座座银山;时而又风平浪静,广阔的海面微波细浪,仿佛是一块巨大的青铜宝镜。"饥鹘掠船舷,大鱼舞虚空"二句更是充满活力:饥饿的鹘鸟为了捕食海中的鱼,频频飞掠船舷,海中的大鱼偶尔也会腾跃出水面。这一切都展现了大海的生机与活力。

从"流落何足道"句开始,诗人由航海的所见所感生发出深刻的感慨:即使流落在海滨,英豪之气依然激荡在胸,我的歌声能让大海改色,诗篇能让天空为之改容。最后,诗人展开想象,表达了要跨坐扶摇直上九万里的大鹏鸟,直上蓬莱仙宫自由翱翔的畅想。陆游一生力主抗金复国,壮志满怀,却屡遭南宋朝廷内投降派的打压,这几句诗正表达了他壮志未酬的复杂情感。

洛阳桥三首(选二)

刘克庄

(其二)

嬴氏曾驱六合人,[1] 蔡侯只用一州民。[2]

立犀岂不贤川守,鞭石何须役海神。

（其三）

面跨虚空趾没潮，长鲸吹浪莫漂摇。

向来徒病川难涉，今日方知海可桥。

【作者简介】

刘克庄（1187—1269），初名灼，字潜夫，号后村居士，福建莆田人。宋宁宗嘉定二年（1209），刘克庄因父亲而荫补将仕郎，后历任靖安县主簿、真州录事、建阳县令、宗正寺主簿、枢密院编修官。淳祐六年（1246），宋理宗因其久有文名，赐同进士出身，后任秘书少监，官居工部尚书、建宁府知府。刘克庄的诗属江湖诗派，内容开阔，多言谈时政，反映民生之作。他的词深受辛弃疾影响，多豪放之作，散文化、议论化倾向比较突出。著有《后村先生大全集》一百九十六卷。

【注释】

1. 嬴氏：指秦始皇嬴政。
2. 蔡侯：指蔡襄，北宋著名书法家、政治家。

【赏析】

洛阳桥，原名"万安桥"，位于泉州东郊的洛阳江上，北宋皇祐五年至嘉祐四年（1053—1059）修造，是中国现存最早的跨海梁式大石桥，也是世界桥梁筏形基础的开端。洛阳桥的建设历程充满了传奇色彩，其中蔡襄主持建桥工程的事迹被广泛传颂。蔡襄自幼聪明博学，十八岁高中状元，为官后他任泉州郡守，主持建造了洛阳桥。在建造过程中，他遇到了水深浪大的困难，传说中他梦见观音大士指点他派人向海龙王求助，最终成功建成这座跨江接海的大石桥。当时的劳动人民首创"筏型基础"来建造桥墩，并发明了"殖蛎固基"。洛阳桥重塑了古代泉州地理交通格局，促进了泉州港经济商贸发展。

《洛阳桥三首》是刘克庄创作的一组七言绝句。其中第二首将秦始皇与蔡襄的修建工程进行对比:秦始皇统一六国,驱使天下百姓修建长城,动用大量人力物力进行宏大建设;而"蔡侯只用一州民",蔡襄在主持修建洛阳桥时,只用了泉州一州之民,相比秦始皇的浩大工程,显得更为节省民力。"立犀岂不贤川守"一句赞扬蔡襄坚强勇猛的特质或形象,在某种程度上甚至超过了管理水域的官员的贤能。在神话传说中,有海神帮助修建桥梁或工程的故事,如秦始皇求仙时的鞭石传说。"鞭石何须役海神"一句的意思是,修建洛阳桥根本无需海神相助,仅凭泉州人民的智慧和力量就完成了这一壮举。这组诗句通过对比,赞扬了蔡侯的贤能和洛阳桥的修建功绩。

《洛阳桥三首》中的第三首描绘了洛阳桥的壮观景象,并通过与以往海上航程的艰难感受对比,赞叹洛阳桥的建造奇迹和海桥的巨大功用。"面跨虚空趾没潮"描绘了洛阳桥的壮观景象。洛阳桥跨越宽阔的江面,给人一种空灵之感,而桥梁的基石深入江底,突出桥梁的稳固和江水的深邃,构成一幅雄伟壮观的画面。"长鲸吹浪莫漂摇"则用比喻的手法,形象地描绘了江水的汹涌澎湃。"莫漂摇"准确写出人们行走在洛阳桥上所产生的坚固稳定的感觉,进一步展现了桥梁的壮观。"向来徒病川难涉"是对过去的回顾和对比。过去人们只能依靠船只渡过江河,江阔浪急对于很多人来说是一种艰难的挑战,甚至是生命的危险。最终在海上成功建成跨江接海的大石桥,体现了北宋时期当地政府对海洋交通的重视,是当时人民集体智慧的结晶。本诗运用比喻、对仗的手法产生了强烈艺术效果,显现出刘克庄诗歌雄浑豪放、气度不凡的风格。

送舶司李郎中

丘 葵

朝家三尺法,[1]海舶一帆风。物到琛声上,人行浪屋中。
货因拼命得,廉故秉心公。行李清如洗,名应达陛枫。[2]

【作者简介】

丘葵(1244—1333),字吉甫,号钓矶翁,福建同安人。丘葵生活于宋末元初,曾参加抗击蒙元的斗争,失败后隐居金门海岛。因家所在的小嶝岛有钓矶,故以自号。元世祖闻其名,遣御史奉币征聘,不出,赋诗见志。丘葵是朱熹的四传弟子,著名理学家。著有《易解义》《书解义》《诗解义》《春秋解义》等,另有诗集《钓矶诗集》。

【注释】

1.朝家:国家,朝廷。三尺法:指法律。

2.陛枫:即枫陛,谓朝廷。

【赏析】

北宋元祐二年(1087),宋哲宗正式在泉州设立市舶司。市舶司遵照朝廷指示,管理进出港口的船舶货物,征收关税,查处走私,至今在泉州市区仍可见其遗迹。市舶司确立了泉州作为东西方贸易的重要商埠的地位,梯航万国,舶商云集,宋元时期的泉州建立了与海外联系紧密的网络。明成化八年(1472),市舶司迁置福州,主要负责琉球册封、邦交的事务。

诗题中提到的"舶司",是元代重要的官职之一。市舶司是宋、元及明初在各海港设立的管理海上对外贸易的机构,相当于现在的海关。在元代,海洋运输和贸易相对发达,见于记载的与中国建立海道贸易关系的国家和地区在一百个以上,东至日本、高丽(今朝鲜),西至东北非和西南亚。

根据诗中表达的美好祝愿和丘葵本人生平来看,李郎中应该是丘葵的一位好朋友,且为官清廉公正。"朝家三尺法"意味着法律的严肃和庄重,开篇的两句诗,写出友人为朝廷管理海运的官员之一,清正廉洁,也给下文的送行做了铺垫。"物到琛声上,人行浪屋中"是诗人想象李郎中在海上航行之情景。海船运载着珍贵的物资,在茫茫的大海和巨大的海浪中穿行,这就是当时海上运输航行的常态。"人行浪屋中"以形象的比喻描绘出友人在船舶上颠簸航行的情景,展现了他在海上工作的危险和艰辛。这两句诗不仅展现了友人的工作环境和工作状态,也表达了诗人对友人工作的理解和尊重。

最后四句诗是对友人高尚品质的赞美。"货因拼命得,廉故秉心公",运输的物资到达终点,航行顺利,没有任何损失,背后是这位李郎中在海上风浪中的拼命保护,也是他面对众多珍宝依然保持坚贞清廉的品格。宋廷对市舶司人选的考核任命非常慎重,必须选择"有风节、有才力"的人员担任。"廉故秉心公"表明舶司李郎中在工作中始终保持公正无私的态度。换句话说,航行顺利的背后充满了这位好友的努力,廉政官员在推动海外贸易发展中起到了重要作用。"行李清如洗"是对友人清廉自守的赞扬。李郎中两袖清风不染一尘,这样的高风亮节怎么能不令人敬佩呢?"名应达陛枫"则预示着友人的名声将会传遍朝廷。诗人相信朋友的品格和能力,祝愿朋友能够被朝廷所认可和奖赏,本诗实是一首深情而富有哲理的送别诗。

观海门

洪希文

观海难为水,斯言亦旨哉。华嵩同培塿,[1] 河汉等涓埃。[2]
官哨时旁午,[3] 吴盐日往来。何曾瞻蜃气,[4] 重叠起楼台。

【作者简介】

洪希文(1282—1366),字汝质,号去华山人,福建莆田人。洪希文少年时,在父亲洪德章(任过兴化军教授)的影响下,痛恨元朝统治者,跟随父亲在深山中隐居,养成刚正不阿的性格。身居深山老林,却心系国家、民族。元仁宗皇庆元年(1312),三十岁的洪希文应友人之请,到兴化县县治游洋,设馆收徒。他在《废宅有感》诗中写道:"一朝富贵浮云散,千载英雄宰木苍。"为了振兴遭到元朝统治者摧残的兴化教育,洪希文从负责民间书院到负责地方官学,全身心投入,教书育人。他的一生几乎与元王朝相始终,诗有古朴之风,受江西诗派影响。其父有《轩渠集》,洪希文因此自名其集为《续轩渠集》。

【注释】

1.华嵩:华山和嵩山。培嵝:小土丘。

2.河汉:黄河和汉水。涓埃:细流与微尘。比喻微小。

3.旁午:交错,纷繁。

4.蜃气:一种大气光学现象。光线经过不同密度的空气层后发生显著折射,使远处景物显现在半空中或地面上的奇异幻象。常发生在海上或沙漠地区。古人误以为那是由蜃吐气而成,称蜃气、海市蜃楼。

【赏析】

这首诗是元代诗人洪希文登临观海而作的诗篇,是对福建航海交通盛况的赞叹。首联诗句开门见山,直接抒发了大海带给诗人的震撼和感受。如果曾经见识过沧海,接触过宽广的汪洋,那么以后看到别处的河流也就不足为顾了。这句话从《孟子·尽心》的"观于海者难为水"脱化而来,当作者终于看到壮阔的大海,才知道古人之言诚不欺矣。颔联"华嵩同培嵝,河汉等涓埃",进一步描绘了海洋的壮丽景象。华山和嵩山是中国的两大名山,但在浩渺无边的大海面前,它们也不过是一个小土堆,宽阔的黄河和汉水也不过是细流与微尘,都显得微不足道。这种对比不仅揭示了海洋的浩渺无边,也表达了诗人对辽阔海洋的敬畏情感。

颈联"官哨时旁午,吴盐日往来"描述一片欣欣向荣的繁忙景象。在海边,官方的岗哨交错纷繁,监视着海岸线的动态情况。海面上,有许许多多运输食盐和其他物资的船舶在来往穿梭。这些细节描绘,使得读者仿佛置身于那个繁华的海洋商业时代。尾联两句集中传达了诗人观海的感受:"何曾瞻蜃气,重叠起楼台。"什么时候才能看到传说中的海上奇异幻象,欣赏到那神秘的海市蜃楼呢?诗句充分张扬着诗人的浪漫精神,表达对大海梦幻世界的向往。

《观海门》是一首赞美浩瀚大海的诗歌,语言凝练有力,行文大气。全诗写观海的景象,既有海面的实景,也有想象之景,景中寓情。它以独特的视角,描绘元代海路交通的繁荣气象,同时表达人类对奇丽海洋世界的敬畏和探索之情。

发广州

张以宁

照海红旗送使舟,鸣笳伐鼓过炎州。

斯游少吐平生气,巨浪长风万里秋。

【作者简介】

张以宁(1301—1370),字志道,自号翠屏山人,福建古田人,元末明初文学家。其父张一情,元朝时任福建、江西行省参政知事。张以宁好学不倦,博览群书。元泰定四年(1327)考中进士,任浙江黄岩县判官,后升江苏县尹。因执法不阿,触犯豪门,不久被罢官。此后流落江淮、扬州一带长达十年。至元四年(1338),被召为国子助教,累迁翰林侍讲学士、知制诰兼修国史。此后二十年,他一直在元大都供职。元至正二十八年(1368),朱元璋灭元后定都南京,改国号大明。张以宁继任翰林侍讲学士。洪武二年(1369)秋,张以宁奉旨持节出使安南(今越南,当时为中国藩属),不负众望,慷慨正义,次年在返回途中不幸去世。诗歌以雅丽俊逸著称,著有《翠屏集》《春王正月考》等。

【赏析】

《发广州》是张以宁奉旨出使安南的航程中所创作的一首海洋诗歌,不仅展现了诗人的豪迈情怀,也透露出对远方的无限向往和对政治使命的坚定执着。

首句"照海红旗送使舟"以"红旗"和"使舟"为意象,描绘了一幅壮丽的海景。红旗在海风中招展,使者的船只在波涛中前行,形象地表现了诗人作为使者的荣耀与使命感。"照海"和"送使"两个词语既描绘了自然景观,也表达了诗人对于自己使命的重视和对于国家的信任。"鸣笳伐鼓过炎州"中的"鸣笳"和"伐鼓"是古代行军时的号令,此处用来描绘船队过境时的壮观场面。"炎州"指的是广州及其南部地区,也暗示了出使目的地的遥远和艰苦。这句诗通过声音的描绘,增强了诗歌的动感和节奏感,让读者仿佛能够听到那激昂的鼓声和号角,感受到队伍的雄壮和威严。"斯游少吐平生气"显示,诗人不愿意在这次航行中表现出任何的不满或者抱怨,体现出诗人内心的坚定和对于使命的忠诚。最后的诗句"巨浪长风万里秋"中,"巨浪"和"长风"构成了一幅波澜壮阔的海景,"万里秋"则暗示了航行的漫长和诗人对于远方(出使目的地)的无限遐想,展现出海洋航程中诗人坚韧不拔和果敢无畏的精神风貌。句中"秋"字,不仅指季节,更有一种秋天的辽阔和深远,表达了诗人对于未来的期望。

整首诗通过对自然景观的描绘和对内心情感的抒发,展现了诗人的壮志豪情和对使命的忠诚。张以宁以独特的艺术手法,将个人情感与国家使命紧密相连,使得这首诗作不仅具有很高的艺术价值,也具有深刻的思想内涵。张以宁不辱使命,为明朝初年处理东南沿海周边国家关系的新型外交政策做出巨大贡献。

海　上

林　弼

水天空阔浩无津，物外神游梦里身。

晚望每嫌山色远，夜听已厌浪声频。

仙槎路熟星河使，戎马忧深岭海臣。

思献江都二三策，汉庭垂意验天人。

【作者简介】

林弼（1325—1381），又名唐臣，字元凯，号梅雪道人。福建漳州人，元末明初文学家。元顺帝至正八年（1348）进士，擢漳州路知事。明初以儒士修礼乐书，授吏部主事，两次出使安南（今越南北部地区，古为交趾之地，自汉至唐皆属中国），后任登州知府。林弼在元明之际与宋濂、王祎、刘基等人交往，大大提高了闽籍文人的地位。留存有《林登州集》二十三卷。林弼创作的海洋诗歌较多，有《次韵王克明》《呈克明县尉》《海上》《海漕使京停舟鸡屿呈朱伯厚明府王克明邑尉》等，都是海运航行经历的真实书写。

【赏析】

漕运是古代历史上一项重要的经济措施，是利用水道（河道和海道）调运粮食往京师的运输方式。至元二十四年（1287），元朝在江南设立行泉府司，原管货币，后专管海运和漕运诸事，于是海运扩大为海洋商业运输。在元代发展经济的统一布局下，东南沿海海运兴盛，福建的商路延伸到全国各地。林弼作为漳州地方官员，有过从福建押运漕船到渤海湾的经历。他的海运诗歌体现出一代士人对于国事时事的忧虑与思索。

《海上》以海上漕运为主题,表达了诗人对海洋的热爱和对国家政治的忧虑,寄寓诗人的政治抱负。首联以海洋的广阔无垠来象征诗人的精神世界,表达诗人为海运驱驰的豪情壮志。"水天空阔浩无津",汪洋大海水天相接,既写出空阔无边的壮丽景色,也暗喻了诗人的胸怀壮志。"物外神游梦里身"则透露出诗人对于超脱物质世界的向往,仿佛是在梦中遨游,不受世俗束缚。颔联描绘海洋航程中的生活细节,在茫茫海洋上,夜深人静之时思虑国事,再美的风景也无心欣赏,只有"浪声频"的烦躁不安。诗句通过现实与梦境的对比,突出诗人宏大的理想和沉重的职责担当意识。颈联借用"仙槎"这一神话传说中的形象,是诗人对自己理想的寄托。"仙槎路熟星河使,戎马忧深岭海臣",意思是诗人希望自己能够像仙人一样驾驶仙槎,穿越星河,顺利完成押运漕粮的任务。行船海上,林弼的思绪往往都被国事占据,他难免忧虑,感慨海道的艰难,体现了诗人复杂的情感和高尚的情操。尾联中,诗人怀着深沉的责任感,表达要为国家贡献策略的愿望,希望能够得到朝廷的重视和采纳。对于海运政策的思考和建议,希望能够得到实践的检验,以此证明自己的智慧和价值。

林弼的海运诗不仅具有纪实意义,展示元代海上漕运的路线、路况,而且反映了当时人们对于海洋经济态势的认识。诗歌对于海运行程的记录、对于海中风暴的描述、对于海运政策的思考,以及征服海洋之后昂扬进取的精神面貌,都是以往海洋文学中所缺少的,因此具有独特的历史文化意义。

次韵王克明三首(其一)

林 弼

经国于今赖海漕,况供玉食敢辞劳。

九重天阙连三岛,万斛风舟等一毫。

楚客多愁飞石燕，秦皇无计叱金鳌。

何如太白清狂态，醉卧江中宫锦袍。

【作者简介】

见林弼《海上》。

【赏析】

次韵，也称步韵，指旧时古体诗词写作的一种方式。按照原诗的韵和用韵的次序来进行创作。

《次韵王克明三首》（其一）是一首七言律诗，深刻反映了林弼对海运这一重大国计民生事项的复杂情感与深刻思考。首联开篇点明主题，明确指出海运对于国家经济命脉的重要性，以及诗人自身对于承担这一重任的坚定态度。"经国"二字，高度概括了海运对于国家运转的关键作用。"况供玉食"进一步细化，说明这些海运物资不仅关乎国家经济，还直接服务于皇室，因此不辞辛劳兢兢业业，体现了诗人对皇权的尊重与对职责的担当。颔联进一步描绘了海运的壮阔景象，将"九重天阙"（象征至高无上的皇权）与"三岛"（神话中的仙山，此处借指远方岛屿）相连，展现了海运的广阔空间。"万斛风舟等一毫"运用夸张的手法，极言海运船只之大、载货之多，即便是万斛重物，在浩渺的风浪中也显得微不足道，凸显了海运的宏大规模和不可阻挡的力量。颈联运用了历史典故与神话传说，赋予诗歌更深的文化内涵与哲理思考。"楚客多愁"与"秦皇无计"分别代表了古代文人与帝王对自然力量的无奈与敬畏，是对海上风险的具象化描绘。诗人借此表达了对海上航行风险的深刻认识与对航海者勇气的赞美，同时透露出一种超越时空的共鸣与感慨。尾联以诗仙李白的形象作为对比，表达寄托，展现了诗人理想中的生活态度与人生境界。李白作为唐代著名的豪放派诗人，其"清狂态"与"醉卧"的形象成为后世文人向往的自由与超脱的象征。诗人在此借李白的形象来表达自己豁达乐观的人生态度,即使身处艰难困苦之中,也要保持一种超然物外的心态,这是对现实困境的一种超越与升华。海风吹拂,带着海水的咸味与远方的呼唤,仿佛在低语着古老的航海故事。

本诗是一首赞美海运,表达地方官员忠诚与责任的诗歌,更是一首蕴含深厚历史文化与个人哲思的作品。诗人通过生动的描绘与巧妙的用典,展现了海运对于国家的重要性以及航海者的勇气与智慧,表达诗人对于时代与人生的独特见解。

迎熏歌

谢　杰

琉球东来海为路,乘风七日即得渡。石尤作祟未可行,[1]翩翩彩鹢翻南征。[2]楼船去水高寻丈,水花飞薄楼船上。突然下涌船底平,船高直与牙樯并。船稳如山劲如铁,簸弄中流如一叶。瀑布飞来万缕鲜,玻璃碾碎乱珠圆。银山雪屋纷纷起,钱塘之潮那足拟!鲲鹏飞跃蛟龙翔,广陵之涛何敢方!天吴九首作人立,[3]舟中弱竖骇欲泣!使君持节了不惊,君命为重身为轻。平生忠信知无负,风波颠危我何有。凭谁为语海波罗,临流一赋迎熏歌。歌声夜彻群灵听,明朝一箬华风竞。

【作者简介】

谢杰(1537—1604),字汉甫,号绎梅,福建长乐人。明万历二年(1574)考中进士,并被授予行人的职位。万历四年(1576)受命为册封琉球(今日本冲绳县)副使。万历七年(1579)夏,与正使萧崇业一道出使琉球。谢杰自琉球归国后,擢光禄寺丞、太常寺少卿,晋南京刑部右侍郎。

在任期间以清廉和秉公办事著称,特别是在册封琉球时,他拒收琉球国的厚礼,琉球国人为其建"却金亭"以示感激。有诗歌总集《棣萼北窗吟稿》,著有《顺天府志》《使疏球录》《白云集》等。

【注释】

1.石尤:逆风,顶头风。

2.鹲:古书上说的一种水鸟。

3.天吴:中国神话中的水神,称为"水伯"。在《山海经》中,天吴被描述为"八首人面,虎身十尾"的形象。"天吴九首"常用来比喻波涛汹涌、气势磅礴的景象。

【赏析】

在古代中琉长达 500 年的友好交往中,中国共册封琉球古国 23 次,派出正副册封使 43 人,其中明朝册封 15 次,派出 27 人,清朝册封 8 次,派出 16 人。琉球西隔东海与福建相望,福建在中琉关系中起了极其重要的桥头堡作用。据史料记载,明清两朝福建籍的册封使有 6 位,分别是:龙海县(今漳州市)的潘荣,长乐县(今福州市长乐区)的谢杰,莆田县(今莆田市)的林麟焜,侯官县(今福州市)的齐鲲、林鸿年、赵新。谢杰创作的琉球题材的诗歌,大多描写他在出使航海过程中以及册封琉球期间的所见所感,表达他对国家使命的忠诚和对个人安危的淡然。

谢杰不仅是一位政治家,也是一位文学家。他与萧崇业合作的《使琉球录》中的《皇华唱和诗》是明代"使录"中收录诗歌最多的作品之一,共有 36 首。这些诗歌不仅展现他们的文学才华,也真实记录了当时的政治和文化生活,如《水亭观龙舟》:"刳木为舟酷似龙,三舟百人还不足。口吐菱歌手击鼓,衡行驰纵争相勖。"这些诗句形象描绘出琉球古国的龙舟竞渡场面。

驰骋在苍茫大海上,谢杰亲身体验着常人可能一生都难以亲眼目睹的壮阔海景,眼界与胸怀随之扩大,笔墨则显出纵横之势,诗歌不拘一格。《迎熏歌》以琉球东渡的壮阔海路为背景,生动描写浩瀚大海自然力量的雄浑气势,展现出册封使团坚韧不拔的精神气概,构建了一幅幅动人心魄的画面。

诗歌开篇即点明主题,简练地勾勒出航海的路线和时间。以"海为路"三字,指出古人以海为通途的探险精神。"乘风七日"既指出航程的遥远,也体现了航海者对季风、潮汐等自然现象的掌控与利用。然而,"石尤作祟"形容突如其来的狂风恶浪让航行变得艰难,也为后续的惊险描绘埋下了伏笔。从"翩翩彩鹢翻南征"至"钱塘之潮那足拟",这一段诗句以极富想象力的语言将海上的惊涛骇浪描绘得淋漓尽致。楼船高耸,水花飞溅,仿佛与天相接;突然间浪向船底涌来,又让人感受到大海的深不可测。瀑布般的海浪、乱珠般的水珠、银山雪屋般的浪涛,这一系列比喻,不仅展现了海浪的壮丽景象,更突出了其威猛无比的力量。诗人甚至将此景与钱塘江潮、广陵之涛相比,认为它们都难以企及,足见东海海上风浪之凶猛恐怖。"船稳如山劲如铁,簸弄中流如一叶"一句通过对比,表现船只在风浪中的坚稳,也反映航海者面对海洋力量时的渺小,以至于船上弱者几乎惊骇欲泣。

面对如此惊心动魄的海上景象,诗人笔锋一转,聚焦于使臣的内心世界。"鲲鹏飞跃蛟龙翔,广陵之涛何敢方",这些诗句以鲲鹏、蛟龙为喻,不仅是对自然力量的进一步渲染,也是对使臣高远志向和坚定信念的赞美。在如此凶险的环境中,"使君持节了不惊,君命为重身为轻"一句使使臣的忠诚与无畏跃然纸上。他深知自己肩负的使命重于泰山,个人的安危早已置之度外,这种以国事为重、生死为轻的高尚情操,令人肃然起敬。诗人以"迎熏歌"为题,不仅是对海上航行经历的记录,更是对美好愿景的寄托。歌声响彻夜空,群灵聆听,这不仅是对自然力量的敬畏与感谢,也是对人类智慧与勇气的颂扬。"明朝一箸华风竞"预示着无论前路如何艰险,只要心怀信念,终将迎来胜利的曙光。

《迎熏歌》通过独特的海洋书写,展现了海上航行的艰险与壮丽,凸显册封琉球使臣的忠诚无畏,这是对古代中琉交往的一次深情回望,也是对人性光辉的崇高礼赞。全诗语言优美,意境深远,读来令人心潮澎湃。

渡马江(选二)

林世璧

横江渡头云水东,波回白马撼秋风。

连山喷雪何如此,好似钱塘八月中。

一水横流沧海东,千峰倒映玉芙蓉。

猿声两岸秋风起,无数江花带雨浓。

【作者简介】

林世璧,字天瑞,福建福州人,生活于明嘉靖时期(1522—1566)。福州仓山区城门镇林浦村的林氏是"三世五卿,为闽中望族"。林世璧以卓越的才华和傲世的性情而著称,据说他醉酒之后能够挥洒自如,迅速完成千言文章,作品风格豪放不羁。其诗歌创作充满了对个性和自由的追求,《陪龚祭酒游鼓山》中的名句"眼中沧海小,衣上白云多"广为流传,展现超凡脱俗的气度和才华。著有《彤云集》。

【赏析】

马江位于福州城东约 20 公里,泛指闽江流经马尾的整个流程,"内含三江,外通四海",是闽江下游水路交通要道。古代,马江也称马头江,因江中有巨石如马头而得名。林世璧的《渡马江》共有五首绝句,如同一幅流动的山水画卷,将福州马江的自然美景与诗人的深邃情感巧妙融合,展现出空灵清润的艺术魅力,读来令人心旷神怡,回味无穷。本书选取其中两首进行分析。

　　第一首诗开篇即点题,"横江渡头云水东",寥寥几字便勾勒出一幅江面开阔、云水相依的动人画面。"横江渡头"是指营前渡。"波回白马撼秋风",形象地描绘了江水向东奔腾,江波遇礁受阻,旋回激腾的壮观景象。"白马"是白马礁,位于江水中央。以"撼秋风"状写波涛之汹涌,这里的"白马"不仅是地理上的实景,更是诗人情感与想象的寄托,赋予了自然景物以生命与力量。"连山喷雪何如此,好似钱塘八月中"两句则将马江的景象与钱塘江八月涌潮相提并论,进一步凸显了马江景色的非凡气势。这种跨地域的联想,不仅展现了诗人广阔的胸襟与丰富的想象力,也表达了他对自然美景的无限热爱与赞叹。

　　第二首诗则更加细腻地描绘了马江两岸的风光。首句即点明马江作为临海河流的地理特征,为全诗铺设了宏大的背景。"千峰倒映玉芙蓉"以"玉芙蓉"比喻山峰倒映在江水中的美景,既表现了山峰的秀丽多姿,又突出了水面的清澈宁静,营造出一种如诗如画的意境。第三句"猿声两岸秋风起"巧妙地引入了猿啼声这一意象,使得整个画面顿时生动起来。猿啼声在秋风中回荡,不仅提升了画面的视听觉效果,也寓含了诗人内心的情感波动与万千思绪。末句"无数江花带雨浓"更是点睛之笔,雨中的江花显得格外娇艳欲滴,为全诗增添了一片亮丽的色彩。

登罗星塔

叶向高

冶城东望海天遥,[1]谁遣中流一柱标。[2]
地似瞿塘看滟滪,江同扬子见金焦。[3]
空山积雨无人到,画舫清尊有客招。
宝塔销沉何处问?[4]漫将遗迹说前朝。

【作者简介】

叶向高(1559—1627),字进卿,号台山,晚年自号福庐山人,福建福清人。明万历十一年(1583)进士。进编修,历南京礼部右侍郎,改吏部,数次上书陈述矿税之害。万历三十年(1602),叶向高推荐好友沈有容出任福建水师参将,率军平倭。万历三十五年(1607),叶向高任礼部尚书兼东阁大学士,次年为首辅,数陈时政得失,却收效甚微,万历四十二年(1614)辞任。天启元年(1621)复为首辅。屡次与魏忠贤抗争,保护了许多忠臣贤士,天启四年(1624)又遭排挤离官。

叶向高一生廉洁自律,奉公执政。在任期间主持大败倭寇、驱赶荷兰入侵者,粉碎了他们霸占台湾的图谋。为保护群众利益,他敢于得罪皇族亲王而无所畏惧,堪称封建社会"忠君爱民"的典型。著有《说类》《叶台山全集》。

【注释】

1.冶城:指福州城。秦末汉初,闽越王无诸在福州筑冶城,是福州建城历史的开端。

2.中流:水道中间。罗星塔屹立于马江一小岛上,现在已与陆路相通。一柱标:指成为航海港岸的标志。

3.扬子:扬子江,即长江下游。金焦:即金山与焦山,在江苏省镇江市境内,两山隔江对峙,相距约五公里。

4.销沉:明万历年间,罗星塔被海风摧毁而倒塌,天启年间,由著名学者徐𤊹等人倡议重建。

【赏析】

福州古称闽州、冶城,因广泛种植榕树而别称"榕城"。市东南的马尾港,是福州的水上咽喉,因"江中有浮礁若马",港又处于"马"尾部而得名。马尾港的东面是闽江入海口,近代福建水师学堂和造船厂在马尾港创办,盛名远播。

这首诗选自《福州马尾港图志》,是叶向高辞官回乡时游览罗星塔有感而作。罗星塔位于马尾罗星山上,罗星山从前是一座岛礁,20世纪中期才与陆岸连在一起。传说罗星塔是宋代岭南女子柳七娘所建,她跟随丈夫来到福州,丈夫不幸遇害,她生下遗腹子,取名罗星。儿子长大后出海,一去数年无音信,于是柳七娘在当年送子的马江渡头兴建罗星塔,天天登塔盼望亲人归来,最终含恨离世。

诗歌一开篇就劈头发问:从福州城向东望去,大海和天空显得遥远辽阔,而在马江的入海口,是谁在江心耸立起一座高高的柱标?颔联具体描绘罗星塔所处的险要地势。罗星塔下江流湍急,海潮汹涌,如同长江上瞿塘峡的著名险滩滟滪堆,又如同在奔腾的扬子江见到金山和焦山。诗人登高临远,触景伤情,借江流湍急来喻指自己仕途上独木难支的艰难心境。"空山积雨无人到,画舫清樽有客招"两句诗通过对比反衬,蕴藉深刻。雨后空旷的山上积有云雾,没有什么人来到,显得比较沉静。而江面上绘有花纹图案的船舱里,已经摆好了酒宴,有客人在相互招呼。尾联抒发感慨:"宝塔销沉何处问?漫将遗迹说前朝。"宝塔已经倒塌了,叫人到哪里去问询呢?面对宝塔的遗迹,再去谈论它的前尘往事,不是枉然吗?叶向高曾经是朝廷的中流砥柱,由于魏忠贤专权乱政,导致正直官员被贬谪,叶向高被迫辞官退隐,他由罗星塔的倒塌联想到自身的仕途际遇,难免产生兴废沉浮的忧愤感慨。

今天,罗星塔所在地早已开辟为罗星塔公园,登塔所经山路上建造有一座石门,横书"石塔凌霄",左右联分别为"海到无边天作岸""山登绝顶我为峰",为罗星塔公园文化增添了诗情画意。

咏万安桥

徐　燉

路尽平畴水色空，飞梁遥跨海西东。

潮来直涌千寻雪，[1]日落斜横百丈虹。

郊野尚留棠树绿，[2]岁时犹荐荔枝红。[3]

行人幸不为鱼鳖，[4]细看丰碑利涉功。[5]

【作者简介】

徐燉（1570—1642），字惟起，又字兴公，自称绿玉斋主人，福建闽侯人。博学多才，不求仕途。与其兄徐㷆均以诗文著称，万历间徐燉与曹学佺主导闽中诗坛。徐燉不仅在诗歌方面有深厚的造诣，还擅长书法，特别是草书和隶书。徐燉酷爱藏书，家中藏书丰富，曾仿照《艺文略》编纂了《红雨楼家藏书目》。著述丰富，主要有《红雨楼集》《闽中海错疏补》《鳌峰集》《闽南唐雅》《榕城三山志》等。

【注释】

1.千寻：形容浪高。古代以八尺为寻。

2.棠树：即甘棠。《诗经·召南·甘棠》写后人爱护召伯住过地方的甘棠树，对召伯表示思念，因此甘棠便被用来称颂去职或前代地方官的政绩。

3.荐：旧时祭献，常用新谷或鲜果。

4.鱼鳖：比喻人被淹没在水中。

5.丰碑：此处指蔡襄撰写的《万安桥记》石碑，现立于蔡襄祠内。利涉：便利交通。

【赏析】

《咏万安桥》是一首赞美泉州万安桥的七言律诗,通过对这座桥梁壮丽景色的描绘和周边环境的生动展现,表达了对这一伟大建筑工程的钦佩之情。万安桥即洛阳桥,坐落于泉州东北约 10 公里的洛阳江入海处。建于宋皇祐五年至嘉祐四年(1053—1059),由当时泉州郡守蔡襄主持修建。洛阳桥原长 1200 米,宽约 5 米,有 46 座桥墩,是我国古代著名的梁式石桥,后经多次重修,现桥长 834 米。桥中亭附近有历代碑刻,桥南有蔡襄祠。

首联"路尽平畴水色空,飞梁遥跨海西东"以开阔的视野引入万安桥。诗人极目展望,路尽之处是平旷的原野,水天一色,显得空旷无垠。而远处的桥梁像飞虹一样,横跨在大海之上,连接着西东两岸。这两句既展现了桥的宏伟气势与惊人的长度,也突出了其所处的地理环境。颔联"潮来直涌千寻雪,日落斜横百丈虹"通过动态的自然景观,进一步衬托桥梁的壮观美丽。潮水来时,波涛汹涌如积雪;夕阳西下,桥梁的影子如同横卧在水面上的彩虹,诗意盎然。这种自然与人工的完美结合,令人赞叹不已。颈联中诗人由桥及景,写到桥周围的自然景观。郊野上前人栽种的树木依然苍翠茂盛,而每逢时节,乡人还会祭献上鲜红的荔枝。鲜明的颜色对比,增添了诗的画面感。它们为这座桥增添了几分乡土气息和历史韵味。尾联从行人的角度出发,描述了桥的实用价值和对建造者的赞颂。行人能够安全过桥,不再担心溺水的危险,这都得益于那些建造桥梁的功臣们。他们的功绩被镌刻在丰碑之上,供后人瞻仰和铭记。这两句诗高度评价万安桥的交通作用,也蕴含着对历史的敬意和对建造者的感激之情。整首诗情感真挚,语言优美,读之令人心驰神往。

登晏海楼

张燮

飞盖移樽逐胜游，凉生衣带已深秋。

月明倒映江如月，楼尽遥连蜃作楼。

埤堄风前横短笛，烟波天外有归舟。

凭栏转觉机心息，安稳平沙卧白鸥。

【作者简介】

张燮（1574—1640），字绍和，又字理阳，号汰沃，别号海滨逸史、石隐主人、霏云主人等，福建漳州人。张燮出生于官宦世家，明万历二十二年（1594）举人。后因父亲被无故"罢官"，深感官场竞争的激烈，无心仕途。张燮一生未仕，潜心著述，有《霏云居集》《霏云居续集》《群玉楼集》《敝帚集》等多部诗文集。万历四十五年（1617）编撰的《东西洋考》，是明代中外关系和东南亚各国历史、地理的重要文献，也是一部综述漳州与东西洋各国贸易通商的指南。他还曾参与《漳州府志》《海澄县志》的编写。张燮志趣高雅，豪放博学，广交海内名士，与黄道周、徐霞客、曹学佺、何乔远等学者交往密切，对晚明漳州府的文化传播有重要影响。

【赏析】

晏海楼是漳州月港的标志性建筑。400多年前，古月港作为当时漳州的对外贸易区，繁荣兴盛延续2个世纪，与47个国家或地区交往贸易，当时海澄港口九龙江岸边，可谓码头成群、商船云集。城内外有7个商市，素有"江南小苏杭"之称。

晏海楼建于明万历十年（1582），当时月港的船只货物经常遭到东洋倭寇的劫掠。时任海澄知县的翟寓在县城东北角建了一座两层的瞭望台，寄寓"波平海晏"，取名"晏海楼"，楼形状为八角，亦称八卦楼，楼底层设多处枪眼，挖一条暗道通县衙，以便指挥联系。后因倭寇抢劫频繁，加上郑成功军队与清军在海澄城进行了 37 年的拉锯战，致使晏海楼遭受严重破坏。清康熙四十一年（1702），时任知县的陈世仪主持重建，乾隆三年（1738），知县严暎再次扩建，厚筑基石，基石上面建造砖木结构三层楼，保持八角形状和暗道一条。建国后又经过两次整修，晏海楼成为见证古月港兴衰的历史象征。

《登晏海楼》记录了张燮登上晏海楼的所见所感，富有意境地展现了月港恬美的夜景。首联"飞盖移樽逐胜游，凉生衣带已深秋"交代了诗歌的场景和时间，描述诗人兴致勃勃地携带着酒具登上晏海楼，欣赏眼前的美景，享受与友人的欢聚时光。通过风吹过衣带间的凉意，感知深秋时节的临近，心旷神怡。接下来的两联诗句极具画面感，成功地将一幅静美的月夜江景呈现出来。颔联描述晏海楼前平静的江面，月光倒映其中，使得江面澄澈如练，犹如另一轮明月清辉灿烂。远处高楼鳞次栉比，犹如海市蜃楼一般，现实与幻境交织在一起，更增添了几分神秘和诗意。颈联采用远近结合的写意手法，近处城墙上轻快的笛声随风飘来，与烟波天外归来的小舟相映成趣，构成了一幅动静结合、有声有色的美丽画面。尾联"凭栏转觉机心息，安稳平沙卧白鸥"则是诗人情感的抒发，站在楼上凭栏远眺，所有的机巧和杂念都随风而去，心灵得到了彻底的宁静和释放。眼前沙滩上安稳平静的白鸥，更是让诗人感受到了与世无争的安然与闲适。在大自然面前，人们的心灵可以得到真正的放松和平静。

送杜给谏册封琉球¹

曹学佺

草奏曾如杜拾遗,济跄犹是报君时。²
星经候得东西景,风信便于潮汐池。
禹贡原包荒服制,夷人重睹汉官仪。
直声海外相传久,不用通名译使知。

【作者简介】

曹学佺(1575—1646),字能始,号雁泽,晚又号西峰居士,福建侯官县(今福州闽侯)人,明代著名诗人、藏书家,万历二十三年(1595)进士。南明唐王时,官至尚书,加太子太保。清兵入福州时,自缢殉节。曹学佺藏书万卷,著书甚丰。在诗词、地理、天文、禅理、音律、诸子百家等方面均有成就,尤其工于诗词,有诗文集数十种,总名《石仓》,共百余卷。精通音律,始创"儒林班",发明闽剧的主要腔调"逗腔",被认为是闽剧始祖之一。

【注释】

1.杜给谏:杜三策。据(民国)《东平县志》卷十一《人物志》记载:"杜三策,字毅斋。天启壬戌进士,官给事中。……崇祯初,起户科,册封琉球,却金得使臣体。历官大理卿,升侍郎,天津巡抚。崇祀乡贤。"琉球:古为琉球国,今为日本冲绳县。明洪武五年(1372),朱元璋派遣杨载出使琉球,承认琉球中山王察度的国王地位,这是册封琉球之始。明清两代,琉球与中国有着507年的邦交(宗藩)关系。1879年琉球被日本吞并。

2.济跄:源于《诗经·小雅·楚茨》中的"济济跄跄,絜尔牛羊",原是形容祭祀时人们恭敬谨慎、秩序井然的场景,后引申为形容人的仪态端

庄。犹是报君时：崇祯二年（1629），琉球国中山王世子尚丰遣使来贡，再
请袭爵。崇祯帝命户科给事中杜三策为正使，行人司司正杨抡为副使，持
敕往琉球册封。崇祯三年（1630），杜三策、杨抡等人到达福州，筹建册封
舟，并做各项准备工作。直至崇祯六年（1633）五月，册封使一行从福州长
乐起航，赴琉球册封。

【赏析】

《送杜给谏册封琉球》是曹学佺在福州写给前往琉球册封的使臣的送
别诗歌，选自方宝川、谢必震主编的《琉球文献史料汇编》（明代卷）。此诗
不仅表达了曹学佺对友人杜给谏高风亮节的赞美，也蕴含了对国家威仪的
宣扬与对海外和平交流的深切期望，是一首情感丰富、意蕴深远的送别之作。

诗歌开篇即以唐代著名谏臣杜甫进行比喻，称赞杜三策上书言事、忠
直敢言的美好品德。"济跄"勾勒出杜给谏准备出使事务时的庄重与勤
勉，他正以这样的姿态，再次踏上为国效力的征途，体现他忠诚不渝的报
国之心。颔联两句借天文地理之象，预祝杜给谏的行程顺利。星经，指天
文星象之书，暗示已观测到适宜出行的吉时；"东西景"指出时间的流转与
旅途的漫长；"风信便于潮汐池"，则是说海上风信（风向、风力）有利，潮汐
亦相宜，预示着航行将一帆风顺，平安顺利。颈联的诗句"禹贡原包荒服
制"引用《尚书·禹贡》中的"五服"制度，说明自古以来中国对边疆及更远
地区的治理与影响，琉球作为"荒服"之地，亦在中华文明的辐射范围之
内。"夷人重睹汉官仪"，指出琉球人民将再次见到中原王朝官员的仪仗
与风范，强调此次册封不仅是一次政治任务，更是中华文化与礼仪在海外
的一次重要展示，体现了中华文化的深远影响力和海外华夷共仰的盛况。
尾联是对杜给谏个人声誉的高度评价，也是对其使命的肯定。杜给谏的
正直之声早已远播海外，其德行与成就无需通过介绍，便能得到琉球人民
的尊敬与认同。这不仅是对杜给谏个人魅力的颂扬，也是对国家使节在
国际间威望的自豪展现。

本诗通过丰富的意象与真挚的情感,展现了曹学佺对友人杜给谏的深切祝福与崇高敬意,同时也反映了明代朝廷对海外交流的重视,以及中华文化在海外的广泛影响。

罗星塔

杨庆琛

石马江头风势狂,¹浮图屹立浪中央。²
全闽形胜争津要,百里山川接混茫。
珠斗夜辉星纬密,³银涛秋捧塔灯凉。
榜人来往图经熟,⁴细话当年柳七娘。⁵

【作者简介】

杨庆琛(1783—1867),原名际春,字廷元,号雪椒,晚号绛雪老人,福建侯官县(今福州闽侯)人。他与林则徐、梁章钜等人同窗共读,均以文名惊人。清嘉庆二十五年(1820)进士,历任刑部河南司主事、陕西司员外郎、山东司郎中、广东司郎中等职,以公正贤能而为人敬重。此后,他又升任安徽宁池太广道、湖南按察使、山东布政使等要职。晚年居家20余年,著有《绛雪山房诗钞》。

【注释】

1.石马江:即马江,又名马头江、马尾港,在闽江下游。

2.浮图:佛教用语,佛塔。

3.珠斗:北斗。

4.榜人:船工。图经:指航海用的图志。

5.柳七娘:传说中建造罗星塔的人。

【赏析】

罗星塔位于福州马尾区的罗星塔公园,传说是宋代柳七娘为亲人祈福而修建的,原为木塔,在明万历年间遭受海风的破坏,现存的罗星塔是明天启四年(1624)由学者徐兴公等人倡建的八角七层楼阁式石塔。"罗星"二字在中国古文化中有着特殊的含义,指的是水口外凸起的一块巨石。罗星塔作为国际公认的重要航标、闽江门户标识,有"中国塔"之誉,也是中国船政文化的发源地。2024 年是罗星塔重建 400 周年,福州举办盛大活动全面展示罗星塔的历史文化。

诗歌开篇点明罗星塔的地理位置和自然环境。"石马江"即马江,是福州闽江下游的重要水域,"风势狂"形容马江的风大浪急。"浮图屹立浪中央",表明罗星塔在马江中心的风浪中巍然不动,成为一个显著的地标,是大自然与人类智慧共同铸就的奇迹。颔联进一步扩展了视野,将罗星塔置于更广阔的地域背景之中。"全闽形胜争津要"说明罗星塔所在之地是福建全省的形胜之地,也是水路交通的要冲。"争"字写出地理位置的重要,它见证了海上丝绸之路的繁荣。"百里山川接混茫"描绘出四周山川连绵、云雾缭绕的壮阔景象,罗星塔则成为这片混茫之中的一座著名灯塔,指引着航行方向,也守护着闽江入海口这片土地。颈联转而描绘罗星塔在夜色中的景象,充满了神秘与浪漫的色彩。"珠斗夜辉星纬密"以"珠斗"比喻北斗七星在夜空中的明亮,"星纬密"形容夜空中的星星密密麻麻,罗星塔则在这星海中更显耀眼。"银涛秋捧塔灯凉"则将秋夜的江面比作银色的波涛,它们轻轻地捧起塔上的灯火,使得灯光在寒凉的秋夜中更显温馨与宁静。尾联则将笔触转向了人文历史的层面。"图经"指的是航海用的图志,说明过往的船只和人们都对这里的地形和水路非常熟悉,罗星塔成为了他们航行中的重要标志和参照点。"细话当年柳七娘",通过柳七娘造塔传说为罗星塔增添了几分传奇色彩,她的故事被过往的行人反复传颂,成为罗星塔文化的一部分。

整首诗通过对罗星塔自然景观和人文历史的描绘,展现了这一古迹的独特地理位置和文化价值,凸显了罗星塔在航海中的重要作用,它不仅是地理上的导航标志,也是历史文化传承的象征,体现了深厚的海洋文化内涵。

定海抛锭

蔡大鼎

客舟稳渡雨如丝,作揖臣工仰圣慈。
挂棹逐流云影伴,兰桡拨雾月光随。
东滨水远三更梦,南省途遥两地思。
泊此当年游眺历,依然风景望时奇。

【作者简介】

蔡大鼎(1823—?),字汝霖,别称伊计亲云上(亲云上是琉球国士族称号),琉球第二尚氏王朝末期政治运动家,琉球王国后期重要诗人。1823年出生于琉球久米村,其祖先为汉人,久米村是闽人三十六姓在琉球的世居之地。他也是福建泉州蔡氏的后裔,曾多次求学或奉使中国,先后在福州居留达8年。著述丰富,有《钦思堂诗文集》《闽山游草》《续闽山游草》《北燕游草》等诗集,其汉诗文创作甚至延续至琉球国被日本吞并为止。诗集《闽山游草》,"闽山"指的是福州,"游草"指游记诗,收录大量在福州的游记诗、唱和诗等,如《过榕城》《万寿桥书怀》《南台大桥即事》《柔远驿》《送林世爵归中山》等。

【赏析】

《福州与"海上丝绸之路"》一文写道:"朝廷在福州河口设立进贡厂、柔远驿(俗称琉球馆),专门接待琉球贡使、客商、留学生。明清两朝,中国册封琉球共23次,琉球派遣来华使团多达884次,每次均经福州往返。"

琉球使者到中国来,需走海路登陆连江或长乐,进入福州,再转经浙江北上。连江的定海湾是古琉球航行到福州的第一站,是福州港海上门户与闽江口北上航路的重要通道。

《定海抛锭》是蔡大鼎随琉球使团乘船来到中国,在连江的定海湾停锚候潮时创作的一首汉诗。本诗以细腻的笔触描绘连江定海湾的海上风光,字里行间透露出诗人对过往的追忆与对当前景致的赞叹,传递出浓郁的思乡情感。

首联诗句以客船在蒙蒙细雨中平稳前行的场景开篇,既点明了时间(雨天)与空间(江上),又营造出一种宁静而略带忧郁的氛围。细雨如丝,不仅为出使旅途增添了几分柔美与朦胧,也在暗示着诗人内心细腻的情感波动,为全诗奠定了情感基调。"作揖臣工仰圣慈"表达圣恩难忘,臣心拳拳。诗人以"臣工"自居,通过"作揖"这一古代礼仪动作,表达了对清帝的敬仰与感激之情。"仰圣慈"三字,情感真挚而深沉,使得全诗在自然景观的描绘之外,又增添了一层深厚的人文情怀。颔联"挂棹逐流云影伴,兰桡拨雾月光随",进一步描绘了江上风光,船桨轻挂,随着水流缓缓前行,仿佛与云影共舞;精致的兰桡(指装饰华美的船桨)则在雾中轻轻拨开,月光紧随其后,洒满江面。此联不仅展现了江面景色的变幻莫测与美不胜收,更通过"逐"与"随"两个动词,生动地表达了诗人与自然和谐共生的心境,以及随遇而安、超然物外的情怀。随着夜幕的降临,诗人的思绪也开始飘远。颈联写东滨水远,暗示着旅途的漫长与未知。三更梦回,则透露出诗人对远方亲人的思念与对过往经历的回忆。"南省途遥两地思"一句更是将这份思念之情扩展到了更广阔的地理空间,表达诗人对远方家乡琉球的深切怀念,思乡的情感浓烈沉挚。尾联中诗人将笔锋转回眼前,回忆起当年曾在福州游历的美好情景,而今风景依旧,却又别有一番风味,令人叹为观止。这既是对自然美景永恒不变的赞叹,也是对时光流逝、人事已非的感慨,透露出诗人复杂而丰富的内心世界。全诗以景寄情,情景交融,是一首富有艺术感染力和文化意蕴的佳作。

和寄朝鲜金泽荣

严 复

要眇朱弦寂寞观,得诗何异锦千端。

古原落木作秋雨,大海回飙生紫澜。

犹有风流追正始,由来窈窕恶华丹。

三闾泽畔真憔悴,未害能滋九畹兰。

【作者简介】

严复(1854—1921),原名宗光,字又陵,后改名复,字几道,福建侯官县(今福州闽侯)人,近代著名的翻译家、教育家、政治家、启蒙思想家。1866年,在清廷船政大臣沈葆桢主持下,福建船政学堂在福州创立。严复在福建船政学堂学习5年,成绩优异,1877年被公费选派前往英国皇家海军学院继续学习航海技术。严复学成归国后的十几年里,一直从事着海军教学的工作。随着清帝国在甲午海战中的惨败,严复从一个纯粹的教书先生转变为坚定的改革拥护者,他为改革而奔走呐喊,翻译《天演论》《原富》为代表的西方思想著作,以求拯救民族于危亡。在翻译领域,严复提出"信、达、雅"的理念,对后世的翻译工作产生深远影响。出版有《严复全集》。

【赏析】

金泽荣是朝鲜的一位著名文人,后流亡到中国,与严复有着深厚的友谊。这首诗是严复写给友人金泽荣的唱和类诗歌,通过描绘自然景色和人生感慨,展现两位文人之间惺惺相惜的精神交流,表达了他对金泽荣的敬意和友谊。

首联诗句扣紧诗题,直接交代自己接到友人诗篇的惊喜,以"要眇朱弦"喻指高雅而悠远的音乐,却置于寂寞的情境中,营造出一种超凡脱俗而又略带孤寂的氛围。"得诗何异锦千端"一句将诗歌比作绚丽多彩的锦绣,强调了金泽荣诗作之美,犹如千丝万缕的锦绣,令人赞叹不已,这是对金泽荣诗作的赞誉。颔联表达时局变化下诗人内心波澜壮阔的情感。"古原落木作秋雨"摹写出一幅秋天景象,古原上树木的落叶如同秋雨般纷纷扬扬,象征着离别和处境的寂寥。"大海回飙生紫澜"描述大海波涛汹涌,寓意当时社会形势的激荡变幻。颈联是严复对金泽荣文学追求的评价。"犹有风流追正始"意味着诗人仍然保持着追求真理的精神。"正始"通常指魏晋时期的文学风气,以自然、真实、深远著称。"追正始"意味着金泽荣在文学创作上努力追求这种高远的境界,保持文学的纯粹与深度,强调文学应追求内在的美与真实。尾联借用"三闾大夫"屈原的典故来抒发人生感慨。"三闾泽畔真憔悴"暗示诗人所面临的现实社会中的艰难处境。"未害能滋九畹兰"中的"九畹兰"象征文人的才华和美德,是诗人对自己和友人品行的赞许与共勉,诗人在逆境中依然能够坚守自己的信仰和追求。香草美人、九畹披离等意象均出自《离骚》。严复诗歌中一再出现伟大诗人屈原及其作品中的艺术形象,用以表达近代社会剧变下知识分子的启蒙理想。这首诗不仅是严复对友人的勉励与个人情感的抒发,也是他对所处时代的深刻反思,展现了诗人对国家民族命运的责任感和担当精神。

南方造船厂

叶玉琳

当曙光揭开蓝雾,他赤裸着上身/放下手头的一切,甚至粗糙的爱/企图回到钢铁和海水的家/宽大的船坞正在清洗一个时代的锈迹/而上世纪遗留下来的码头头脑发热/想想有多少时光需要焊接,推进/海水倾倒出泡沫/其间结霜的幽径/从一个等待剪切的曲面开始/直通向永无止境的航程/像跳进一个自我的坑井/一艘大船趴在四面漆黑的船台/经历冲、刨、铣,切割又分离/一颗疲惫的心正在合拢/太阳越升越高/弯曲的钢花火一样淋遍全身/他除了把大海的骨架夹紧/别无选择

【作者简介】

叶玉琳(1967—),福建霞浦人,一级作家。中国作家协会会员,福建省作家协会副主席,福建省宣传文化系统首批"四个一批"人才。著有诗集《大地的女儿》《永远的花篮》《我在美丽的大地》《海边书》等。

【赏析】

叶玉琳是拥抱海洋的大地之女,家乡霞浦辽阔斑斓的海洋滋养着她。她的诗歌受到海洋文化的影响,体现了个性化创作的特征,也传扬了闽东当地的文化,升华为她心中那片诗艺之海、精神之海。《南方造船厂》创作于 2011 年,2012 年发表于《诗刊》,后选入叶玉琳的诗集《海边书》。叶玉琳的诗歌具有独特的海洋元素,笔下的海洋复杂立体,柔美而又具有力量。

《南方造船厂》运用拟人化手法来描绘造船厂,赋予书写对象以勇猛豪放的男子汉气质。诗歌开篇描绘出造船厂工人在晨曦中开始一天工作的画面。他们对工作是纯粹的热爱和全身心的投入。即便这份工作繁重粗糙,他们仍然选择坚守。"一艘大船趴在四面漆黑的船台/经历冲、刨、铣,切割又分离",这段描述生动再现了造船过程的精细工艺。大船在黑暗中诞生,经过无数次的打磨与重塑,最终成为能够航行于大海的巨轮。而"一颗疲惫的心正在合拢",则是对工人内心世界的深刻洞察,他们在体

力与精神的双重考验下,依然坚持着,将个人的奋斗融入到集体的创造之中。

随着"太阳越升越高/弯曲的钢花火一样淋遍全身",诗歌达到高潮,阳光与火花交相辉映,象征着希望与力量的汇聚。"除了把大海的骨架夹紧/别无选择"是对船厂工人艰辛工作状态的直接描述,更是对其责任与使命的深刻诠释,他们用双手构建起大海的骨架,支撑起人类的梦想与未来。

从整体上看,此诗描写南方造船厂沉重的历史气息,船坞呼唤着海洋,回忆着过去的辉煌。"一个时代的锈迹""头脑发热""多少时光需要焊接"等诗句表达了时代冲击下,上世纪遗留下来的码头的呐喊声,展现造船工人坚韧不拔的精神风貌。其次,这首诗富有现实感,折射的是时代发展浪潮之下新事物代替旧事物的自然规律,熟悉的日常景致不是一成不变的,我们应以开放包容的心态接受这些变化。

莉田湄洲妈祖像

第四部分　福建海防与海疆建设

　　本部分按照时间顺序,选取不同历史时期的海洋诗歌,涵盖李纲、俞大猷、戚继光、郑成功、林则徐、张际亮等英雄人物,全面展现福建海防与海疆建设的成果。这些诗歌不仅描写海防建设的自然景观与技术成就,而且反映了福建军民在抵御外敌保卫海疆中的英勇与智慧。阅读这些作品,我们可以感受到福建在国家海防建设中的历史贡献与地域精神,以及其在国家安全中的重要地位。

五月六日率师离长乐乘舟如水口二首

李　纲

力疾驱驰为主恩，敢辞炎暑道途勤。
五更鼓角催行色，百里旌旗拂晓云。
闽粤乍开新幕府，灞陵初起旧将军。[1]
江山满目难留恋，试拥雕戈静楚氛。[2]

画舸连樯泛碧波，潇湘去路饱经过。
山川焕发旌旟色，将士欢娱铙鼓歌。
旧学但曾闻俎豆，[3]暮年何意总干戈？
据鞍马援平生志，岂在骊驹白玉珂。[4]

【作者简介】

见李纲《飓风二绝》。

【注释】

1.灞陵：汉文帝陵墓所在地，在今陕西西安市东南郊。旧将军：指西汉将军李广，屡立奇功却未封侯，退居蓝田南山，以射猎消遣。旧，指已退役。

2.楚氛：出自《左传·襄公二十七年》，写楚国有袭晋之气。后以楚氛喻俗恶之气。

3.俎豆：古代祭祀时盛放祭品的礼器，引申为祭祀和崇奉的行为。后来，"俎豆"逐渐成为一种象征，代表着对祖先或英雄的怀念和崇敬。

4.骊驹：代指华贵的车马。

【赏析】

宋代抗金名将李纲创作的两首海洋军事主题的诗歌描绘了诗人在五月六日率领水上军队离别福州长乐,乘船前往水口的情景,充满了壮志豪情和对国家的忠诚。

第一首诗歌中,首联直接言明心志,表达诗人为报答国家的恩典而奋力奔走的决心,即使面对炎热酷暑,依然不辞辛劳,勇往直前。"五更鼓角催行色,百里旌旗拂晓云"两句生动描绘了清晨时分军队出发的情景。鼓角声声,催促着百里长的队伍在行进,旗帜在晨曦中飘扬,拂过云层,展现出军队的雄伟气势。颈联则暗示了诗人此行的目的和身份,既是在福建开创新的军事幕府,也是重振自己的威望。借用李广将军的典故来自比,体现出诗人的使命担当与英雄壮志。尾联表达了诗人对眼前江山美景的赞叹之情,但这更坚定了他率军平定战乱的决心。整首诗的描写有声有色、神采飞动,洋溢着爱国情怀和英勇无畏的气概,充满昂扬向上的精神。

第二首诗中,首联诗句以生动的画面勾勒出船队出征的壮阔场景,意境悠远。首句以"画舸"和"碧波"渲染出一幅壮丽的江面景象,船只相连,桅杆高耸,如同长龙般在碧绿的江面上航行。"饱经过"指出军队行进的路程的漫长,是对过往经历的回顾与感慨。此句不仅描绘了自然之美,也寓含了诗人对即将奔赴战斗征途的坚定与期待,为全诗奠定了豪迈而又不失温婉的基调。随着船队的深入,山川仿佛也被军旗的鲜艳色彩所感染,焕发出勃勃生机。将士们在这壮丽的自然景观中充满了斗志,他们击鼓高歌,表达着对胜利的渴望。颈联笔锋一转,由外在的壮丽景象转向内心的深刻反思。他回忆起自己早年所学多为儒家仪礼文化,未曾预料到晚年竟会频繁地投身于抗金战争之中。这既是对个人坎坷命运的感慨,也是对和平生活的深切向往。然而,正是这种反差,更加凸显了诗人以国家大局为重,勇于担当的崇高精神。李纲以自己的行动表明,他不仅是个学者,更是个愿意为国家奉献全部的忠臣,充分体现了李纲作为抗金名将的爱国情怀。结尾两句,诗人以东汉名将马援自比,表达自己虽已至暮年,但依旧壮志凌云、不屈不挠的决心。马援是历史上著名的军事家,以"马革裹尸还"的豪言壮语闻名于世,诗人借此表明自己并非追求个人的荣华富贵,而是希望能在战场上实现自己的平生志向。这种超越个人得失、以国家兴亡为己任的高尚情怀,令人肃然起敬。

这两首诗歌通过描绘出征场景、抒发将士情怀、表达个人感慨及明志抒怀等层次,展现了一位抗金将领的豪迈与深情,以及他对于国家、民族的忠诚与担当。诗歌境界高阔,用典贴切,情感真挚,是激励人心的海洋战争诗作。

教习战舰五绝

李 纲

长沙有长江重湖之险,而无战舰水军。余得唐嗣曹王皋遗制,[1]创造战舰数十艘,上下三层,挟以车轮,鼓蹈而前,驶于阵马。募水军三千人,日夕教习,以二月十八日临清湘门按阅,旌旗戈甲一新,观者如堵。成五绝句以志之。

车船新制得前规,鼓蹈双轮势似飞。
创物从来因智者,世间何事不由机?

战舰初成阅水军,[2]旌旗戈甲照湘滨。
潭人未识舟师制,叹息工夫若鬼神。

长江巨浸虽天设,[3]控制堤防本在人。
暇日不为坚守计,临危何以扼通津?

曹瞒百万瞰江渍，[4]谁遣孙郎会解纷？

满眼旌旟风浪里，[5]景升方觉是鸡豚。

刘裕当年西入关，楼船浮渭取长安。

不施橹棹争先进，坐使秦人破胆看。

【作者简介】

见李纲《飓风二绝》。

【注释】

1.曹王皋：李皋（733—792），字子兰，唐朝中期宗室名臣。天宝十一载（752），嗣封曹王。在地方多立政绩，保卫江汉，智略过人，精通各种器具。改制车船，用人力踏动木桦为推进机，航行速度加快。其所造多轮多桨船，为以后车船的发展奠定基础。

2.战舰：李纲在《梁溪全集·卷103》的《与宰相论捍贼札子》一文中写道："飞虎战舰，傍设四轮，每轮八楫，四人旋幹，日行千里"。

3.巨浸：大水。

4.渍：水边。

5.旌旟：《周礼·春官·司常》记载，周王朝时期，以样式和图案表示不同等级和用途的九种旗帜。旌：穗状羽毛制成的旗帜。旟：一种纯红色的旗帜。后泛指旗帜，形容气势盛大。

【赏析】

靖康元年（1126），宋金战争爆发，对宋代士人精神状态、士人思维与国家政策影响很大，"主战派"与"投降派"进行激烈斗争，李纲力主抗金，政治生涯坎坷不平，历经沉浮。

李纲采用诗歌前的序言，介绍创作组诗《教习战舰五绝》的缘由和内容。长沙具有长江重湖的险峻地理位置,但没有战舰水军。李纲得到唐嗣曹王李皋设计制造车船的遗制,创造了数十艘战舰,上下三层,用车轮驱动前进,快速如同阵马。招募了三千名水军,日夜训练,于二月十八日在清湘门检阅,旌旗戈甲全都是崭新的,观看人数众多。于是拟写了五首绝句来记录这件事。

《教习战舰五绝》是以战舰为主题的一系列绝句,通过生动的描写和历史典故的运用,展现了战舰制造、水军训练以及水上战争策略的重要性,寄寓着作者对国家防务的高度关注与战略远见。以下对这五首绝句进行逐一赏析。

第一首诗强调战舰技术的创新。"车船新制得前规,鼓蹋双轮势似飞",通过"新制"与"前规"的对比,强调了战舰技术革新的重要性。"鼓蹋双轮势似飞",生动描绘了战舰高速行驶的壮观景象。"创物从来因智者,世间何事不由机",诗句在前面叙述的基础上生发议论,将技术创新归功于智者,并借此概括一个普遍真理:世间万事万物皆有其内在规律与机制,掌握并善用这些规律,是成功的关键。

第二首诗描述水军的威仪与民众的惊叹。"战舰初成阅水军,旌旗戈甲照湘滨",描绘了战舰制成后首次阅兵的场景,旌旗招展、戈甲闪亮,映照在江面上,气势恢宏,展现了水军的威武雄健的气势。"潭人未识舟师制,叹息工夫若鬼神。"通过当地民众的视角,写出他们对战舰制造技艺的惊叹与不解,认为这些机械巧夺天工,如同鬼神之作,从侧面反映了战舰技术的卓越非凡。

第三首诗表达人定胜天的防务理念。"长江巨浸虽天设,控制堤防本在人",诗句将长江自然形势与人的主观能动性相对比,强调即使面对天然险要,人的智慧与努力也能成为控制局势的关键。"暇日不为坚守计,临危何以扼通津",这是对平时防务准备的警示,提醒人们要居安思危,未雨绸缪,以免在战争危机来临时措手不及。

第四首诗概括历史借鉴与战略思路。"曹瞒百万瞰江濆,谁遣孙郎会解纷"，通过回顾三国时期赤壁之战的历史，以曹操百万军队的失败衬托出孙权联军的智勇双全。"满眼旌旃风浪里，景升方觉是鸡豚"，进一步用刘表（景升）的迟钝与无能反衬出孙权的英明果敢，强调了将帅领导者在关键时刻的决断力与战略眼光。本诗体现了李纲对当时军事战略的思考，即要学习历史，吸取经验教训，以应对可能的外来威胁，要充分重视江河作战的技巧与优势。

第五首诗借历史事例激励自己。"刘裕当年西入关，楼船浮渭取长安"，前两句诗句以军事天才刘裕的北伐壮举为例子，说明水上军队在战争中的重要作用。刘裕率领英勇无畏的军队克服重重困难，实现战略目标攻取长安。后两句"不施橹棹争先进，坐使秦人破胆看"，刘裕率领大军进入黄河沿水路前行，随后在黄河北岸登陆作战，凭借卓越指挥才能与士兵们的英勇，让敌人闻风丧胆，大败秦军。诗句突出刘裕的圣明神勇，激励后人要勇于创新、敢于突破，以强大的国防力量保卫国家安宁。

岛夷行

黄镇成

岛夷出没如飞隼，¹右手持刀左持盾。

大舶轻艘海上行，华人未见心先陨。²

千金重募来杀贼，贼退心骄酬不得。

尔财吾橐妇吾家，³省命防城谁敢责。

【作者简介】

黄镇成（1288—1362），字元镇，号秋声子、紫云山人，福建邵武人。自幼笃志力学，以先贤自励。初屡试不中，后寄情山水，周游大江南北，足迹遍及河南、河北、山西、山东、江苏、浙江、湖北等省。元至正年间（约

1341)归故里,在城南构筑"南田耕舍",隐居著书,自号存存子。著有《秋声集》四卷、《尚书通考》十卷。

【注释】

1.飞隼:鸟名。凶猛善飞,故名。

2.陨:害怕。

3.橐:口袋。

【赏析】

《岛夷行》是一首描绘海上贼寇对边境造成的困扰和抵御贼寇、捍卫主权的战斗诗。"岛夷出没如飞隼,右手持刀左持盾",此句活灵活现地勾勒出海上贼寇的凶猛态势。这群狡诈的侵扰者,于浩瀚大海中神出鬼没,手持刀剑盾牌,行动迅捷无比,犹如一群凶猛的恶鸟,时刻觊觎并侵扰着我国边境的安宁。颔联中描写贼寇驾驶着大小不一的船只在海上肆意横行,对我国沿海百姓的日常生活造成严重困扰,致使民众内心充满了恐慌与不安。颈联体现出元代政府对于抵御外敌的态度,面对这些作乱贼寇的侵略,元代政府采取了积极的防御措施,甚至不惜重赏招募勇士前来抵抗,把贼寇击杀溃退,这种功劳是千金也难以酬报的。尾联"尔财吾案妇吾家,省命防城谁敢责",意思是与这些海外倭寇的斗争,事关沿海居民的身家性命,因此无论是官府还是普通百姓,无论男女老少,都齐心协力,承担起保卫家园的责任,体现出抵抗外敌的勇气和决心。时至今日,这种奋勇抗敌、守卫国土主权的精神依然激励着中华儿女。

此诗选自《元诗纪事》,诗歌语言简洁,诗意简单,反映了元代抗击倭寇这一重要的海洋史实。在元代,日本与中国的海洋商贸开始不畅,诗中出现了倭寇(海盗)形象,到了明朝中后期,倭寇逐渐成为边境海防的祸患。这首诗就是一个鲜明的例证。阅读大量的海洋诗,我们可以从中看到不同时代海防意识的变化。

舟 师

俞大猷

倚剑东溟势独雄,扶桑今在指挥中。[1]

岛头云雾须臾净,天外旌旗上下翀。

队火光摇河汉影,歌声气压虬龙宫。[2]

夕阳景里归篷近,[3]背水阵奇战士功。

【作者简介】

俞大猷(1504—1580),字志甫,号虚江,福建泉州晋江人。明代著名民族英雄、军事家。俞大猷一生几乎都在与倭寇作战,转战南北,他所率领的"俞家军"战功卓著,与戚继光并称为"俞龙戚虎",扫平了为患多年的倭寇。俞大猷虽然战功累累,却经常被弹劾而遭到免官。俞大猷创立兵车营,设计了用兵车对付骑兵的战术。著有《兵法发微》《剑经》《洗海近事》《续武经总要》等军事作品。官终南京右府书,卒赠左都督,谥号"武襄"。俞大猷的诗歌直抒胸臆,慷慨雄壮,作品集为《正气堂全集》。

【注释】

1.东溟:东海。扶桑:神木名,见《山海经·海外东经》。此处指日本,古称倭国。

2.虬龙:传说中一种有角的龙。蛇龙宫:指倭寇的巢穴。

3.景:即"影"。篷:船帆。

【赏析】

明朝以来,倭寇频繁侵扰我国东南沿海地区,烧杀抢掠,祸患巨大,这是中国海疆第一次较大规模地受到异国侵扰。面对此等危机，明朝政府调兵遣将，全力抗击倭寇，维护疆土安宁。其中，嘉靖时期的杰出将领俞大猷，以其卓越才能脱颖而出。俞大猷经营福建海防，认为水师的船一要大而坚，二要数量多。船舰必须体型庞大且构造坚固，以确保在遭遇敌方小船时能够以其雄浑之势进行有效冲撞；鉴于海上作战环境恶劣，风浪无常，船只损失难以避免，唯有数量上的优势方能形成对敌舰的包围与歼灭态势。俞大猷以其卓越的海防思想和独特的人格魅力，留下了许多令人赞叹的海洋战争诗篇。

本诗描写作者所率领的东海军队雄壮非凡的风采。首联开篇诗句，犹如凌空展翅，气势磅礴，直抒胸臆。"倚剑东溟势独雄"，形象地描绘了我国水师战士驾驭战舰，在东海之滨纵横驰骋，布下天罗地网以待倭寇，其军事力量之强大，令人瞩目。扶桑是古时对日本的别称，此处代指日本倭寇。"扶桑今在指挥中"一句，尽显我舟师之威严，表达了对敌人的蔑视和对战略全局的掌控力。以下六句，细致铺陈海上军队操练的壮观场景，惊心动魄。颔联"岛头云雾须臾净，天外旌旗上下翀"，实写舰群破浪前行，瞬间驱散岛屿周遭的迷蒙云雾，战旗飘扬翻飞，直上云霄，气势非凡。颈联"队火光摇河汉影，歌声气压虬龙宫"，则是以夸张之笔，描绘舰队所发射的炮火密集，光芒映照天际，仿佛搅动了银河；战士们的战歌嘹亮，其声威足以震撼深海的龙宫，展现了水师将士们不仅武艺超群，更兼斗志昂扬。尾联描写胜利的喜悦。背水阵，谓背水列阵，陷之死地以战胜敌人，这是韩信破赵用兵之法。长期以来，这些英勇的战士们背水列阵，勇谋兼备，战术多变，终成大功。夕阳西下，他们凯旋归来。这一幕，不仅是对将士们辛勤付出的最好回报，更是明朝海防力量的一次辉煌见证。

与尹推府

俞大猷

匣内青锋磨砺久，[1]连舟航海斩妖魑。

笑看风浪迷天地，静拔盘针定夏夷。[2]

渊隐虬龙惊阵跃，汉飞牛斗避锋移。[3]

捷书驰报承明主，沧海而今波不渐。[4]

【作者简介】

见俞大猷《舟师》。

【注释】

1.青锋：指锋利的剑。

2.夏：指大明。夷：指倭寇。

3.汉：河汉，天上的银河。牛斗：指牛宿和斗宿，星宿。

4.渐：水的声音。

【赏析】

本诗开篇以宝剑之喻，象征明军历经磨砺，战斗力强，蓄势待发。"连舟航海"生动描绘了明军战舰破浪前行的雄壮景象，以及对倭寇必除的坚定决心。领联以极其平和淡定的笔触，勾勒出战斗伊始明军将士面对狂风巨浪依旧从容不迫，仿佛一切尽在掌握之中的非凡气度。这不仅是对战斗局势的自信展现，更是对敌人的蔑视与宣示。"渊隐虬龙惊阵跃，汉飞牛斗避锋移"一句则以奇崛的想象，将海底虬龙的惊跃与天上星辰的避让交织成一幅震撼人心的画面，巧妙地比喻明军舰队如同神龙出海，所向披靡,令敌胆寒,其战斗场面之壮观,令人叹为观止。尾联以胜利的喜悦和国家的安宁作结,表达战争胜利后,捷报速传京城,海疆从此安宁无虞的欣慰之情。此中"承"字用得尤为精妙,既体现了俞大猷对君王的忠诚,也彰显了他作为将领的卓越功勋与保卫国家的坚定信念。

《与尹推府》并未正面铺陈战争的惨烈,而是通过侧面烘托,精妙地勾勒了一场海上歼寇的壮丽史诗,展现明军舰队威严从容的风范。其中,"笑看风浪迷天地,静拨盘针定夏夷""渊隐虬龙惊阵跃,汉飞牛斗避锋移",是描写海战的佳句,气势充沛,慷慨豪迈。

在福建泉州的清源山,有一块被称为"练胆石"的巨石,据说是著名民族英雄俞大猷早年习武之地。当地居民至今仍对这块石头津津乐道,因为俞大猷是抵御外侮的杰出将领,深受人们的敬仰。这块"练胆石"不仅是对俞大猷英雄事迹的纪念,也是对八闽大地爱国精神的一种传承,激励了一代又一代的青年。

望阙台[1]

戚继光

十载驱驰海色寒,[2]孤臣于此望宸銮。[3]
繁霜尽是心头血,洒向千峰秋叶丹。

【作者简介】

戚继光(1528—1588),字元敬,号南塘,晚号孟诸,逝世后被追赠谥号武毅。他出生于山东蓬莱,是明朝著名的抗倭将领,杰出的军事家、书法家和诗人。在东南沿海地区,戚继光领导了长达十余年的抗击倭寇的战斗,包括台州之战、福建之战和兴化之战等,成功清除了长期侵扰沿海地区的倭寇,保障了当地人民的生命和财产安全。此外,他还曾在北方抵御蒙古部族的入侵,保护了边疆的安全,并促进了蒙汉两族的和平发展。戚继光著有《纪效新书》和《练兵实纪》等军事著作,并且是一位兵器专家,他改进和发明了多种火攻武器,建造了先进的战船和战车,使明朝军队在水陆两路的装备上都优于敌人。他还精通经史,擅长诗文,留下了《止止堂集》等诗文作品。福州于山的戚公祠,是福州人民为纪念戚继光的抗倭功绩而建立的纪念祠。

【注释】

1.望阙台:在今福建省福清境内。戚继光在《福建福清县海口城西瑞岩寺新洞记》中记道:"一山抱高处,可以望神京。名之曰望阙台。"阙,指宫殿,此处指京师,用来表明自己身在远方而不忘国家的重托。

2.十载:指戚继光从嘉靖三十四年(1555)调往浙江任参将,到嘉靖四十二年(1563)镇守福建抗击倭寇,前后约十年左右。

3.孤臣:远离京师,孤立无援的臣子,此处是自指。宸銮:皇帝的住处。

【赏析】

在明朝嘉靖三十八年(1559)三月,福建省城内外,倭寇肆虐,频繁侵扰,给当地人们带来了深重的灾难。时至嘉靖四十年(1561),正值倭患猖獗之际,民族英雄戚继光挺身而出,率领精锐之师奔赴福建前线。他首先挥师直捣倭寇在宁德的巢穴,大获全胜后,又率领奇兵横跨闽江,势如破竹地挺进福清县。戚继光身先士卒,转战各地,于嘉靖四十一年(1562)成功收复平海卫,一举扭转战局,战功显赫,因此被擢升为福建总兵,肩负起镇守全省的重任。在他的不懈抗击下,倭寇终于逃走,再也不敢轻易进犯。

在福清县海口城驻守期间,因有感于曾一起抗倭的汪道昆被弹劾罢官,戚继光登上望阙台,心潮澎湃,挥毫写下了《望阙台》一诗,以诗明志,表达了对国家命运的深切关怀以及个人的热血忠诚。

《望阙台》开篇不是直接描写登临所见景物，而是总括作者多年来东征西讨的战斗生活。"十载驱驰海色寒，孤臣于此望宸銮"，笔调流利，感情却是沉痛。"寒"字既描绘了海面的苍茫清寒，又深刻寓意着抗倭斗争的漫长与艰难，与"孤臣"形象相互映照，尽显孤独与坚韧。次句中的"望宸銮"，一语道破诗人登临望阙台的深层动机，非为观景，实为遥望京城，期盼朝廷的理解与支持。这里的"孤臣"，并非单纯指身份上的孤独，更是心灵深处因远离中枢、得不到充分支援而生的复杂情感与境遇的写照。战斗虽苦，却难掩其渴望为国尽忠的强烈愿望，这份矛盾与渴望，正是推动他立于望阙台上，孤独而坚定地凝望京城的内在力量。"繁霜尽是心头血，洒向千峰秋叶丹"，触景生情，景中寓情，沉挚悲壮。作者登上望阙台，赫然发现千峰万壑，秋叶流丹，这一片如霞似火的生命之色，正是自己忠勇无畏的丹心热血。在漫长的抗倭岁月里，正是这份对国家和君主的赤诚之爱，支撑着他在艰苦卓绝的环境中不懈战斗。即便面对朝廷的冷漠与责难，他依然选择将一腔热血化作繁霜，誓要将这大好河山染得更加绚烂。"繁霜"与"秋叶"的意象，不仅是诗人忠贞不渝报国心的象征，更是他超越个人荣辱，心系国家民族命运的崇高精神境界的体现。即便遭遇不公，他依然忠心不改，驰骋海疆，保卫家国。正是这份高尚的思想与情怀，赋予这首诗以不凡的格调与深远的艺术感染力。

船厂阻雨

戚继光

春雨下危墙，烟波正渺茫。好山当幕府，壮士挽天潢。
鸟立林边石，人归海上航。驱驰还我辈，不惜鬓毛苍！

【作者简介】

见戚继光《望阙台》。

【赏析】

本诗选自戚继光《止止堂集》。从诗题上看,这是描写戚家军战船冒雨返航的一首即景诗,表达了诗人对国家海防建设的深切关怀以及对军人使命的自豪感。

首联以细腻的笔触描写高墙内外春雨绵绵、大海上烟波浩渺的画面,不仅写景,也隐喻当时国家海防的脆弱和边疆局势的不确定性。颔联"好山当幕府,壮士挽天潢",诗句以山喻人,将壮美的山峦比作军事指挥的营帐,而"壮士"则是指那些勇敢的士兵,他们力挽狂澜保卫着国家海疆。这两句诗反映出戚继光对士兵们的赞赏,对军事防御的重视。颈联两句转向对自然和人文景观的描绘,鸟儿站立在林边的石头上,士兵在海上航行归来,这一静一动之间,鸟儿的闲适与人们的忙碌形成对比,更衬托出士兵们的勇猛与担当。尾联"驱驰还我辈,不惜鬓毛苍"为思想上的升华。诗人以我辈军人自勉,表达愿意为国家和民族的利益而不懈奋斗,哪怕岁月催人老,也绝不退缩。这种豪迈的情怀和坚定的意志,正是戚继光作为一位杰出军事家的忠勇精神的写照。

戚继光成长于将门世家,青年时期承袭父职担任登州卫指挥佥事。抗倭斗争中,他的足迹踏遍山东、浙江、福建等沿海地区,为保卫祖国海防立下丰功。他文武双全,以诗言志,海防诗中有大量名诗佳句。比如,"封侯非我意,但愿海波平""遥知百国微茫外,未敢忘危负岁华""一片丹心风浪里,心怀击楫敢忘忧"等诗句,饱含炽热情感,字字铿锵。今天,我们致力于爱国主义教育与海洋意识、海防观念的培育,戚继光的这些诗句,如同璀璨星辰,照亮着广大青年的心灵,激励他们为国家的繁荣与安宁奉献青春力量。

泛海歌

陈 第

水亦陆兮,舟亦屋兮。与其死而弃之,何择于山之足海之腹兮!

【作者简介】

陈第(1541—1617),字季立,号一斋,福建连江人。明嘉靖四十一年(1562),戚继光剿倭至福建连江,21 岁的陈第向戚继光上策平倭。25 岁时,游学于省城福州,此后在福州、漳州等地讲学。万历元年(1573),陈第跟随福建总兵俞大猷学习兵法。两年后,戚继光总督蓟州边务,调至京师的俞大猷推荐陈第前往戚继光手下任事,陈第从此携笔从戎十余载,投身边防。万历十二年(1584),陈第回到连江,在县城西郊结庐问学。万历三十年(1602),陈第跟随沈有容率军赴台平倭。其著作《东番记》是我国目前最早对台湾高山族等少数民族进行实地调查的文献。

【赏析】

万历二十九年(1601),倭寇进犯台湾,并以台南多地为窝点,不断侵扰福建、广东等沿海地区,甚至劫掠各地百姓。次年,时任福建海坛(今平潭县)的把总沈有容,胸怀壮志,誓师东渡要荡平倭寇,恢复海疆安宁。此时,年逾花甲的陈第,虽已至暮年但壮志未酬,毅然追随旧日挚友,共赴台海前线,誓要解救台湾同胞于水火之中。1602 年腊月初八,大军浩荡启航,不料途中遭遇狂风巨浪,21 艘战船仅 14 艘得以保全。次日傍晚,舰队驶入澎湖海域,又遭到飓风肆虐,船只受损惨重,情势危急。在此生死存亡之际,陈第没有丝毫畏惧退缩,反而在惊涛骇浪中高声吟唱《泛海歌》,以诗明志,激励士气,表达坚定的意志和为国捐躯的决心,最终船队安全通过。

陈第的《泛海歌》是一首充满激情和勇气的诗歌,作为明代后期抵御外侮、维护国家和平的宣言,其历史价值和文学意义都不可小觑。诗歌的内容简洁而深刻,"水亦陆兮,舟亦屋兮",将大海比作陆地,将船只当作家园,形象描绘出战时生活的动荡不安,航海途中的波涛汹涌。诗人表达了面对外来侵略时,生命虽可贵但更应坚守责任和担当的崇高思想。"与其死而弃之,何择于山之足海之腹兮",与其恐惧放弃,不如选择与大海拼搏抗争。无论在何处牺牲,都是为国家贡献力量,生命的价值并不在于长短,而在于意义的深远。

万历三十年(1602)的剿倭行动是一次具有重大历史意义的军事行动。沈有容和陈第这两位老战友在民族危难之际挺身而出,展现了无畏的勇气和非凡的军事才能。特别是陈第对士兵的精神鼓舞是有巨大作用的。在面对不可预测的海上风险和激烈的战斗时,这首诗激励士兵们视死如归,坚定了他们的战斗意志。最终,明军在台南取得了决定性的胜利,焚烧敌船、解救被俘同胞,有力地打击了倭寇的侵略行径,使得台湾海域获得安宁。《泛海歌》是中华民族抗击外族入侵自强不息战斗精神的体现,是福建海洋文学中一颗璀璨的珍珠。

登 城

何乔远

溟渤周遭绕戍城,[1]苍苍寒月海头生。

北风正卷南夷舸,[2]山垒全屯水战兵。

吹浪鱼龙遥灭没,争枝乌鹊近分明。

周侯泽普当年役,[3]此夕登临万古情。

【作者简介】

见何乔远《秋日安平八咏(其四)》。

【注释】

1.溟渤:溟海,这里泛指大海。

2.南夷舸:来自南方的侵犯海疆的战船。

3.周侯:指江夏侯周德兴。明太祖朱元璋派他到福建沿海,筑起厦门城。

【赏析】

何乔远的《登城》选自《厦门志》。据记载,何乔远曾为了招抚郑芝龙(郑成功父亲)来到厦门,登上厦门城头察看形势,写下这首描绘城垣夜景的登城怀古的诗。

首联"溟渤周遭绕成城,苍苍寒月海头生",开篇便为读者勾勒出一幅宏大的背景。溟渤,泛指大海,直接指出厦门作为戍边海防城的特点。诗人以苍茫的大海环绕着厦门城作为背景,烘托出一种孤独而又凝重的氛围。银白色的月亮从海面上空升起,苍苍寒月进一步加深了整个画面的孤寂感。诗人以冷色调的词语描绘战争情境下厦门城垣的苍茫景象,表达其对国家民族命运的关切与忧虑。颔联则从写景转向了战事,抒发了对将士奋勇守城、抵御外侮的崇敬之情。强劲的北风冲击着南部的荷兰战舰,英勇的厦门水师守卫在各个山头的堡垒中。这是 400 多年前厦门城头的速写,它描绘了海防前线的真实情景。厦门城的历史,始终是同反侵略斗争联系在一起的。颈联则又回到了对景物的描绘上。海浪翻涌,鱼龙的身影在其中时隐时现,这是一种遥远而神秘的意象,而乌鹊在树枝间争斗,则是近在眼前、清晰可见的景象。这一联通过对比手法,展现了远与近、虚与实的艺术效果,极大增强了诗歌的艺术表现力。在诗歌的结尾,诗人由眼前的景色联想到了历史事件。"周侯"指周德兴,明太祖朱元璋派他来福建沿海,筑起厦门城。"此夕登临万古情",诗人此刻站在城楼之上,心潮澎湃,对历史和前人功绩产生敬仰与感慨之情。尾联将整首诗的情感推向了高潮,使得诗歌的意蕴更加深远。

视师中左¹

南居益

寥廓闽天际,纵横岛屿微。长风吹浪立,片雨挟潮飞。

半夜防维楫,中流谨衲衣。² 听鸡频起舞,³ 万里待扬威。

【作者简介】

南居益(1566—1644),字思受,号二太,陕西渭南人。万历二十九年(1601)进士,授刑部主事,后升广平知府,山西提学副使、按察使、布政使。天启二年(1622),南居益入京任太仆卿,天启四年(1624)担任福建巡抚。当时荷兰海盗占据澎湖,进犯漳州、泉州,与日本海盗及海贼李旦为伍扰乱闽南区域。南居益派人招降李旦,荷兰海盗头目高文律恐惧,派使者前来讲和,南居益斩了来使,在镇海港筑城防守。后南居益又派人擒获高文律,平息了海患。

【注释】

1.中左:中左所,明朝福建沿海卫所名,位于厦门。

2.维:系船的绳子。衲衣:用来堵漏的破旧衣物。

3.听鸡起舞:用东晋名将祖逖"闻鸡起舞"的典故,以示杀敌决心。

【赏析】

天启二年(1622),荷兰殖民者占据澎湖,进犯厦门,厦门军民奋起反击。次年,荷兰殖民者再次进犯厦门,并一度占据鼓浪屿,烧杀抢掠,再次被击退。天启四年(1624),福建巡抚南居益自厦门发兵,收复澎湖,大败侵略者。

《视师中左》选自《厦门志》。这首诗以明朝福建沿海的厦门中左所为背景,描绘了一幅昂扬豪放的海防画卷。全诗以宏大的视野,展现了闽海地区独特的自然景观与军事防御的紧张氛围,表达将士们保家卫国的坚定信念和昂扬斗志。

首联"寥廓闽天际,纵横岛屿微",开篇即以"寥廓"一词定下全诗的基调,将读者的视线引向无垠的闽海天际,"纵横岛屿微"则巧妙地勾勒出海面上岛屿星罗棋布、若隐若现的景象,既展现了自然之美,又隐含了海防的复杂地形与战略意义。这两句不仅描绘了一幅壮丽的海疆图景,也为后续内容的展开奠定了基础。颔联通过"长风""浪立""片雨""潮飞"等生动的意象,描绘海面上风急浪高、雨随潮涌的壮观景象。这些自然元素不仅增强了诗歌的画面感,更象征着海防形势的严峻与挑战。诗人以自然之力映衬军事防御的紧迫性,使读者仿佛置身于那波涛汹涌、风雨交加的海防前线。颈联描写将士们在深夜坚守岗位、谨慎备战的情景。"半夜防维楫"表现了将士们不分昼夜、时刻警惕的忠诚与责任,"中流谨袵衣"则形象地描绘了他们穿着防护衣物,以应对突如其来的风浪和敌情。这两句诗通过具体细节的刻画,展现了将士们不畏艰险、勇于担当的精神风貌。结尾两句运用"闻鸡起舞"的典故,表达了将士们时刻准备战斗、渴望建功立业的豪情壮志。"听鸡频起舞"写出时间的紧迫,将士们紧张训练、严阵以待的场景。"万里待扬威"则将诗人的视野从眼前的海防前线扩展到广袤的万里疆域,表达了誓要保卫国家、扬我国威的坚定信念和豪迈情怀。

赠沈士弘将军新镇总戎

林云程

威武桓桓一虎臣,视师海国入吾闽。

每闻荡寇皆无敌,始信行军自有神。

溟渤澄波明组练,清源秀色耸嶙峋。

簪缨知尔家声旧,节钺从今宠命新。

【作者简介】

林云程(1539—1634),字登卿,号震西,福建晋江人。明嘉靖四十四年(1565)进士。历任通州、宿州、九州、汝宁的知府,两任南北户曹。林云程在官场上有杰出的表现,因其德行和惠民政策,备受百姓爱戴。著有《枞兰馆史编抄》《兰窗杂记》。

【赏析】

诗题中的沈士弘将军指沈有容。沈有容(1557—1627),字士弘,号宁海,安徽宣城人,是明代著名将领。沈有容出身于官宦世家,立志从军报国。他在万历七年(1579)中应天武试第四名,从此开始戎马生涯。沈有容以他的文才武略和过人胆识,在明万历年间多次参与剿倭战争,并成功驱逐了盘踞在台湾岛上的日本倭寇和荷兰侵略者,有效地维护了祖国的领土完整。他先后在蓟辽、闽浙、登莱等边防或海防前哨服役,屡立奇功。他一生四十余载的军旅生涯,有数十年是镇守在福建沿海。沈有容的英勇事迹被广泛记载,其中最为人称道的是他三次保卫台湾、驱逐倭寇与荷兰侵略者的壮举。

《赠沈士弘将军新镇总戎》一诗,是林云程为祝贺沈士弘将军担任福建新镇总兵一职而创作的。全诗洋溢着对沈将军英勇威武、治军有方的赞誉之情,同时也寄寓了对国家安定、边疆稳固的美好祝愿。

首联"威武桓桓一虎臣,视师海国入吾闽",开篇以"威武桓桓"四字,概括沈将军威武雄健的英勇气概,用"一虎臣"直接点明其勇猛无匹、忠勇可嘉的形象。"视师海国入吾闽"一句说明,沈将军此次是从海防重镇调任至福建,肩负保卫海疆、安定地方的重任,强调其海防军事才能和战略眼光。颔联进一步强化了沈将军的英勇形象。平时听到沈将军在历次平寇战斗中屡建奇功、所向披靡的英勇事迹,亲眼所见终于相信他的行军布阵如有神助一般,无往而不胜。这是对沈将军高超的军事指挥才能的高度评价。颈联转而描写自然景色,却非单纯写景,而是寓情于景。浩瀚大海的澄净碧波与军队中的兵器相映成趣,既展现了海疆的宁静与和平,也暗示了军队的强大与严整。"清源秀色耸嶙峋"是以福建泉州清源山的自然美景,象征沈将军镇守之地的山清水秀、人杰地灵,同时寄托了对沈将军能在此地再建功业的期望。尾联交代了沈将军的家世背景,并表达对其新晋职务的祝贺。"簪缨"代指世代为官的门第,"家声旧"说明沈将军出身名门望族,家学渊源深厚。"节钺从今宠命新"则直接点明主题,即沈将军此次受命担任新镇总兵官,是国家对其才能和功绩的充分肯定与信任,也是对其继续为国家效力的殷切期望。

赠沈将军东番捷

张 燮

羽林束发事从戎,四十威名剑盾中。
海上楼船吞巨浪,日南夷国慑雄风。
扬旌万里烽烟净,挟纩三军苦乐同。
会识勋标铜柱早,只今谁并伏波功。

【作者简介】

见张燮《登晏海楼》。

【赏析】

在《闽海赠言》中,有近 30 首赞颂沈有容"破倭东番""谕退红夷"的诗歌。在卫国情怀和激烈壮志的驱动下,沈有容将军于万历三十年(1602)腊月率师横渡海峡,直抵东番(台湾),飞扫倭穴。万历三十二年(1604),沈有容又以大智大勇,义正词严地谕退窜到澎湖列岛的荷兰兵舰。张燮创作诗歌《赠沈将军东番捷》,歌颂沈有容将军破除台湾倭寇的英勇战绩。

首联"羽林束发事从戎,四十威名剑盾中",指出沈将军年轻时就投身军旅,凭借着过人的勇气和智慧,成为一名威震四海的英雄。沈有容是福建海防将军,他手下的水兵将士都有过硬的航海技能,水师一路奔赴台湾岛去驱逐外敌。"海上楼船吞巨浪,日南夷国慑雄风",这两句描绘出水师在海上征战的场景,他们英勇无畏、气贯长虹的雄风震慑了敌人。诗中的"吞巨浪"是形容战船在海上飞跃航行的壮观景象。颈联紧承上句,写出沈将军率领的军队旌旗飘扬,驱驰万里破敌,与士兵同甘共苦,英勇善战。最后,"会识勋标铜柱早,只今谁并伏波功",赞扬沈将军的抗倭功绩将如马援铜柱一样永载史册,成为后人传颂的佳话。《后汉书·马援列传》记载汉代伏波将军马援远征交阯,在边界上树立铜柱,标志着汉朝与外国的疆界。此处借用这个典故来表示沈将军的丰功伟业。

本诗是一首严谨的七言律诗,每一句都紧扣"东番捷"的诗题,层次分明,节奏明快。诗歌运用比喻、对仗等修辞手法,赞颂沈有容率师有方、智勇双全的良将风采,营造出一种豪迈激昂的氛围,使人仿佛置身于那激战正酣的战场之中,感受到沈将军的英雄气概。

复 台

郑成功

开辟荆榛逐荷夷,¹十年始克复先基。²
田横尚有三千客,³茹苦间关不忍离。⁴

【作者简介】

郑成功(1624—1662),本名郑森,又名福松,字明俨,福建南安石井人。20岁时到金陵(今江苏南京)求学,拜明末大文豪钱谦益为师,受字大木。后来,南明隆武帝赐予国姓朱,改名为成功,所以又称郑国姓、国姓爷。郑成功是明末清初的军事家、民族英雄。1646年起兵抗清,1659年与张煌言合兵北伐,围攻南京,战败后撤退。1661年率舰队渡过台湾海峡,赶走荷兰殖民者,次年收复台湾,建立政府,并以台湾为根据地联络抗清志士坚持抗清斗争。他的诗气魄雄伟,具有强烈民族意识。郑成功在诗词和书法上造诣颇深,但由于英年早逝,传世的作品很少。

【注释】

1.荆榛:荆棘丛。比喻道路上的艰难险阻。

2.先基:先人的基业,意思是祖先早已开辟了台湾。

3.田横:秦末,田横与其兄起兵,重建齐国。楚汉战争中自立为齐王,不久为汉军所破,投奔吴越。汉朝建立后,率徒党500余人迁入山东即墨县东北的海岛中。刘邦遣使招降,田横不愿为汉臣,在去洛阳的途中自杀。留居海岛者闻田横死讯,也全部自杀。

4.间关:道路崎岖难行的意思。

【赏析】

这首诗选自《郑成功史料选编》。1661年,郑成功率领将士数万,从厦门出发,经澎湖,登陆台湾,围攻荷兰总督所在地赤嵌城,并击溃敌人的援兵,终于迫使侵台的荷兰殖民者于1662年2月1日投降,被外敌奴役了38年之久的台湾回到祖国怀抱,书写了中国人民保卫海疆的光辉一页。《复台》这首诗,不仅是对历史事件的真实记录,更是郑成功个人情感与抱负的深刻表达。

《复台》一诗抒写驱逐荷兰殖民者、收复台湾的艰辛,表达了保卫和建设台湾的雄伟心志。首句"开辟荆榛逐荷夷"中,荆榛是丛生的灌木,这里用来比喻收复台湾战争中困难重重。"逐荷夷",指驱逐荷兰殖民者。第二句"十年始克复先基",精要概括郑成功的业绩。据史料记载,从1650年起,郑成功就在厦门、金门两岛打击以台湾为据点不断窜犯大陆的荷兰入侵者。1652年郭怀一指挥台湾民众爆发了驱赶荷兰殖民统治者的起义,至1662年郑成功收复台湾,前后大致12年。"复先基",指恢复祖先的基业,即收复台湾。最后两句"田横尚有三千客,茹苦间关不忍离",此处借用历史典故,抒写郑成功对国土台湾岛的深情以及建设台湾的壮志。田横是齐国的贵族,刘邦称帝建立西汉后,田横不愿对汉称臣,率众逃到海岛。"茹苦间关不忍离",表达他对部下战友和台湾这片土地的深厚情感,即使面临困难艰险,也要保卫台湾,开发建设台湾。他对台湾的未来充满希望。"不忍离"是略带儿女情长的字语,出自一位沙场将帅之口,更令人觉得其情意的真挚悲壮!

台湾自古以来就是中国的神圣领土。郑成功收复台湾的辉煌功绩,是永垂不朽的。《复台》一诗语言凝练,结构紧凑,韵律和谐,铿锵有力。短短四句诗便概括了收复台湾的全过程,并表达了诗人丰富的思想感情。郭沫若1962年11月17日参观厦门郑成功纪念馆时,挥笔书写一楹联,就是借《复台》诗意赞颂郑成功:"开辟荆榛,千秋功业;驱除荷虏,一代英雄!"

五虎门观海

林则徐

天险设虎门,大炮森相向。

海口虽通商,当关资上将。

唇亡恐齿寒,闽安孰保障?

【作者简介】

林则徐(1785—1850),字元抚,一字少穆,福建侯官(今福州闽侯)人。嘉庆十六年(1811)进士,官至江苏巡抚、湖广总督。为了抵御外来鸦片等毒品,道光十八年(1838)林则徐在湖广厉行禁烟,并上奏折提议禁烟。道光十九年(1839),以钦差大臣身份赴广东,限期命令外商缴烟,在虎门公开销毁237万余斤鸦片,创下虎门销烟的壮举。作为"放眼看世界"第一人,林则徐因为禁烟和抗英,触发英国对清朝的侵略战争,被主和派诬陷为朝廷的"罪臣",从道光二十一年(1841)7月到道光二十五年(1845)9月,在新疆伊犁度过5年的流放生活,留下"苟利国家生死以,岂因祸福避趋之"的爱国名句。著有《林文忠公政书》《云左山房诗文钞》等。

【注释】

1.天险:自然的险要地形。虎门:指闽江口的五虎门。五座巨大的礁石,远看就像五只猛虎蹲伏于江口中心,并排而立,形态生动,注视着波涛汹涌的大海,形成自古名列"闽江七景"之首的"五虎守门"。

2.通商:1842年8月29日签订的不平等条约《江宁条约》(即《南京条约》)规定福州为五个通商口岸之一,于1844年开埠。

3.闽安:在闽江口。林昌彝《射鹰楼诗话》卷三:"今以闽中省垣之地势论之，梅花、五虎、壶江、金牌、熨斗、乌猪犹唇也，闽安犹齿也。"

【赏析】

林则徐在道光三十年（1850）告老返乡，回到福州。虽然已经 65 岁，但他仍然心系国家的海防安全。他乘船察看闽江口的形势，了解当地的防御形势，主张在五虎门一带布置重兵，以防备英国殖民者对中国内地的入侵。

"天险设虎门，大炮森相向"，这两句诗指出闽江口的五虎门作为天然险要的地理位置，当时设置的防御大炮密集如森林一般，相互对峙，突显此地的军事重要性。1842 年 8 月 29 日签订的不平等条约《江宁条约》规定福州为通商口岸之一，英国在这些港口享有法外特权。"海口虽通商，当关资上将"，诗人敏锐地指出五虎门是开放的通商口岸，但更重要的是它作为国家门户的战略地位，需要有优秀的将领来守护海关。诗歌最后用"唇亡齿寒"的成语比喻五虎门的战略意义：一旦国家的边疆（嘴唇）不保，内地（牙齿）将受到威胁，表达诗人对国家安全的深切忧虑。接着进一步提问，如果五虎门海口不保，那么福建乃至整个国家的安全又由谁来保障呢？由于林则徐的筹防，五虎门一带的民众士气高昂，积极修建长门炮台等重大防御工事。筑城堡、置铳炮、乡民自卫，这些严密的防务工作在之后保卫福州反对外来侵略的斗争中，都起着重要的作用。

林则徐生活在一个动荡的时代，西方列强的侵略使得中国的海防压力日益加大，他写下这首诗意在提醒人们注意海防的重要性，并且强调需有英勇得力的将领来维护国家安全。此诗反映出林则徐对时局的敏锐洞察和深刻思考，不愧是一位远见卓识的政治家。

厦门观海

张际亮

两岛能支半壁天,¹草鸡长耳忆当年。

伍胥潮汐仍终古,²杨仆楼船自黯然。³

云出鲲身横海外,水浮鳌极动樽前。⁴

登临尽有兴亡感,鲸饮须同吸百川。

【作者简介】

张际亮(1799—1843),字亨甫,自号华胥大夫、松寥山人,福建建宁人,鸦片战争时期享有盛誉的爱国诗人,与魏源、龚自珍、汤鹏并称为"道光四子"。张际亮自幼聪慧,16 岁中秀才,并创作《童言》一卷。他两度就读于福州鳌峰书院,深受著名学者陈寿祺的器重。张际亮对鸦片流入中国深恶痛绝,多次上书请求严禁鸦片。与林则徐交情深厚,两人常在一起探讨国事、诗文。鸦片战争爆发后,他力主抵抗侵略,反对妥协,写下了《传闻》《芑川有诗枉赠酬和》《寄姚石甫三丈》《迁延》等一系列反帝爱国诗篇。著有《张亨甫全集》。

【注释】

1.两岛:指金门、厦门两岛。

2.伍胥潮汐:伍子胥是春秋时期吴国大臣,因忠贞不渝、智勇双全而著称。然而,他遭佞臣陷害,被吴王夫差逼令自杀。世称钱塘江怒潮为伍子胥冤魂所激化,名胥潮。

3.杨仆楼船:楼船,古代多用于作战。杨仆被封为楼船将军,后用此典指王师南征。

4.鲲身:泛指台湾。17、18 世纪时,台湾西南部海岸,自凤山之打鼓山起,有沙丘 7 座,状若大鱼,俗称"鲲身"。鳌极:天边的小岛。

【赏析】

《厦门观海》是一首描绘厦门与台湾海域景色并寄寓历史兴亡感慨的诗歌。

首联"两岛能支半壁天,草鸡长耳忆当年",以夸张的手法形象地描绘了厦门海域的地理特征。金门、厦门两岛如同两只手,支撑起南方海防的半壁天空。"草鸡长耳"指基隆港,寓示着对台湾过去历史的回忆。这里,诗人巧妙地将地理景观与历史事件相融合,为全诗铺设了历史与现实交织的背景。颔联"伍胥潮汐仍终古,杨仆楼船自黯然":伍胥是春秋时期吴国的大臣,因其忠诚而被后人赞颂;杨仆则是西汉名将,被汉武帝任命为楼船将军(水军将领),率领大军平定南越、东越,后跟随左将军征伐朝鲜,因配合不力,罢为庶人病死家中。诗句描写了海水涨落的壮观景象,与"伍胥潮"所象征的汹涌澎湃之势相呼应。既象征着厦门海域作为海防前线的悠久历史,又透露出一种对过往英雄业绩今已不存的悲叹。颈联进一步描绘了海上景观的奇幻与壮美。"鲲身"代指台湾,"云出鲲身"形容台湾海域云雾缭绕、气势磅礴的景象,台湾延伸至东南海域;"水浮鳌极"则是形容远方小岛在海面上若隐若现,如同浮动的酒杯前的幻影。这两句既展现了厦门海自然景观之美,也寓含了诗人对中国东南沿海地域的关切与忧虑。尾联表达了诗人登临观海时的复杂情感,总结全诗。在鸦片战争的严峻局势下,面对浩瀚的大海和壮丽的自然景观,诗人不禁产生历史兴亡的无限感慨。"鲸饮须同吸百川"一句,则以鲸饮百川的豪迈之态,表达诗人胸怀宽广、包容万物的人生态度。诗句以昂扬雄健的气魄收尾,将整首诗的情感推向高潮。

中　岐¹

沈瑜庆

司空已竭水衡钱，²比死难忘子弟贤。

江上嵯峨遗庙在，³不堪方丈会人天。

【作者简介】

沈瑜庆（1858—1918），字爱苍，号涛园，福建侯官（今福州闽侯）人。光绪十一年（1885）顺天举人，曾任江南水师学堂会办、总办，上海吴淞清丈工程局主办、淮扬兵备道、漕运总督、湖南按察使、江西布政使等职。甲午战争北洋水师惨败后，他为被革职的将领们解释开脱，作妥善安排，为海军再起保存力量。义和团兴起时，他促进东南互保协定，为稳定局势做出贡献。入民国，主纂《福建通志》。著有《涛园集》。

【注释】

1.中岐：指马尾船政局所在地。

2.司空：中国古代官名，管理水利工程之事。水衡钱：汉代设水衡都尉一官，主管上林苑兼管皇室财物和铸钱。国家（皇家）的钱称为水衡钱。

3.遗庙：指沈文肃公祠。沈文肃公指沈葆桢（1820—1879），福建侯官（今福州闽侯）人，字幼丹，一字翰宇。林则徐的女婿。道光二十七年（1847）进士，迁御史。咸丰间，任江西广信知府，曾坚守城池御太平军，擢江西巡抚。同治间，任福建船政大臣，接办福州船政局。同治末，任钦差大臣，办理台湾海防。光绪初，官至两江总督兼南洋大臣，筹建近代海军扩充南洋水师。卒谥文肃。著作有《沈文肃公政书》《沈文肃公家书》《夜识斋剩稿》等。

【赏析】

沈葆桢作为晚清时期著名政治家、军事家,对中国的海防建设有着深远的影响。他不仅重视海防建设,还注重培养海防人才,为中国近代海军的发展做出重要贡献。同治五年(1866)接替左宗棠任福建船政大臣,主办福州船政局,积极扩充厂房,添置设备,并创办马尾前、后学堂,建立近代海军舰队,重视船舰建设。在船政事业中坚持"主权在我"的原则,主张自造轮船而非依赖购置。光绪元年(1875)任两江总督兼南洋通商大臣,参与经营轮船招商局,并派船政学堂学生赴英、法等国留学深造,培养了一批海洋人才。沈葆桢在洋务运动中敢于担当,勇于创新,他的船政事业和海军强国理念影响深远。

沈瑜庆是沈葆桢的儿子。沈瑜庆的《中岐》一诗,收录于《涛园集》中,作为十首"展墓杂诗"的开篇之作,此诗不仅是对地理空间(马尾船政局地及沈文肃公祠)的描绘,更是对一段历史(沈葆桢创办船政局)的深情回望,蕴含了对先贤遗德的无限敬仰与追思。

诗歌首句"司空已竭水衡钱",指出沈葆桢殚精竭虑,在创办马尾船政局任上建设经费的艰难与卓越贡献,暗示那个时代国家转型、工业化尝试的艰辛与不易。司空是主管水利工程的官名,这里是指船政局的创建者沈葆桢。"比死难忘子弟贤",直接表明沈瑜庆对父亲的教诲铭记于心,以及对家族后辈能够继承先贤遗志、保持贤能的期望与自豪。这两句情感深沉,既是沈瑜庆对父亲一生的高度评价,也是对自己及后辈的鞭策与激励。第三句"江上嵯峨遗庙在",指出江边的沈文肃公祠高大雄伟,气势不凡,这不仅是对实体建筑的描绘,更是对沈文肃公精神丰碑的象征,对其精神的传承与弘扬。诗人站在遗庙前,仿佛能感受到先贤的气息,这种跨越时空的精神交流,让诗人对父辈的理解与敬仰更加深刻。第四句"不堪方丈会人天"则进一步强化了这种情感的表达,诗人深知父亲的精神已经超越了凡尘,与天地同在,但这种无法亲眼见证的遗憾,更加凸显了诗人对父辈的深切怀念。诗歌将个人情感与历史背景、家族传承紧密结合在一起,具有历史的厚重感,使得诗歌超越了个人情感的抒发,上升为对时代变迁的深刻反思。

马江感事[1]

刘训瑞

惊涛拍岸暮山苍,船坞高高接大荒。

几许规模经擘划,何堪胡虏肆猖狂!

枪林飞雨攻天险,铁舰沈江失国防。

劫火焚余谁再造?[2] 至今恸哭左文襄![3]

【作者简介】

刘训瑞(1869—1950),又名玉轩,福建闽清人,是中国近现代史上一位杰出的教育家和诗人。面对国力薄弱、外强侵略的局势,刘训瑞无意仕途,投身教育事业。1906—1915 年,刘训瑞担任闽清县"劝学所"总董,致力于推动地方教育事业的发展。他忧国忧民,感时触物,著述众多,先后刊行《抒怀吟草》《抒怀述草》《抒怀三草》《玩琅书楼文钞》《玩琅书楼杂录》等十多种诗文集。

【注释】

1.马江海战:1884 年,法国远东舰队司令孤拔率领舰队侵入福建马尾港,伺机攻击清军军舰,福建船政水师官兵坚守舰艇对法国军舰展开英勇还击,但由于未作充分军事准备,加上装备落后、火力处于劣势,造成 9 艘军舰被击毁,760 名官兵殉国。

2.劫火:指世界毁灭时的大火,佛家语。后来也将乱世之灾称为劫火。

3.左文襄:左宗棠(1812—1885),字季高,一字朴存,号湘上农人,谥号文襄,晚清时期著名政治家。主张革新图强,倡议筹建马尾船政局。左宗棠的一生经历了湘军平定太平天国运动、洋务运动和收复新疆维护中国统一等重要历史事件,被誉为"中国近代化的先驱"。

【赏析】

《马江感事》是首七言律诗,主要围绕晚清时期的中法马江海战展开,通过对战场景象的描绘、战争失败的痛心疾首以及对责任者的谴责,表达诗人对国家命运的深切关怀和对历史悲剧的沉痛反思。

"惊涛拍岸暮山苍,船坞高高接大荒",首联开篇以壮阔而苍凉的笔触描绘马江战场的自然景象,惊涛骇浪与暮色苍茫相映,船坞高耸直连天际,营造出一种悲壮的氛围,预示着即将发生的战斗之惨烈。"几许规模经擘划,何堪胡虏肆猖狂",颔联转而提及马尾船政局的宏伟规划与精心布局,不料晚清政府懦弱妥协,导致马尾船队无法抵御法国侵略者的猖狂进攻,表达诗人对马江海战爆发的愤慨。"枪林飞雨攻天险,铁舰沈江失国防",颈联两句详细描绘马江海战的激烈场面,枪炮如雨,天险难守,最终铁舰沉没,国家防线崩溃。这是对战争失利、国土沦丧的沉痛控诉,体现了诗人对国家命运的深切忧虑。"劫火焚余谁再造? 至今恸哭左文襄",诗人以"劫火焚余"象征战争带来的灾难性破坏,随后发出"谁再造"的疑问,表达了对左宗棠之类能臣良将的怀念与对时局不公的悲痛。1884 年 8 月,马江海战失利,福建水师几乎全军覆没,马尾船厂也遭到破坏,闽浙一带形势紧张,清廷启用左宗棠为钦差大臣督办福州军务,收拾残局。1885 年清廷与法国签订《中法新约》,左宗棠对条约内容十分不满,导致肝疾严重,1885 年 9 月逝世于福州。左文襄虽逝,但其忠诚与智慧令人敬仰不已。

如今,我们回顾马江海战,重要的是要铭记历史,知古鉴今。马江海战的失利警醒我们:一个国家必须建立强大的海防,以确保海洋安全与海疆权益,只有拥有强大的军事力量,才能有效地保护国家的利益和人民的安全。

自厦门泛海登鼓浪屿有感

陈去病

西风落日晚天晴,列岛遥看战一枰。[1]
番舶正连鹅鹳阵,[2]怒涛如振鼓鼙声。
凭高独揽沧溟远,斫地谁为楚汉争?[3]
海水自深山自壮,不堪重忆郑延平![4]

【作者简介】

陈去病(1874—1933),原名庆林,字佩忍,号巢南。江苏吴江人,南社创始人之一。自述早年阅读《史记》时,被霍去病的名言"匈奴未灭,何以家为"所激励,改名为"去病"。1903年,他前往日本,加入同盟会,追随孙中山先生,致力于革命宣传工作。1904年,他回到上海,担任《警钟日报》的主笔,并创办了《二十世纪大舞台》杂志。在推翻清朝统治的辛亥革命和反对袁世凯的护法运动中,陈去病都发挥了重要作用。1909年,陈去病与柳亚子和高旭共同创建了南社,以研究文学和提倡高尚气节为宗旨,反对清朝的专制统治。诗文深沉凝练,蕴意厚重,著有《浩歌堂诗钞》。

【注释】

1.枰:棋局。

2.番舶:外国船只,这里指日本船舰。鹅鹳阵:古代阵名,像成群的水鸟浮于水面,指出日本战船陈兵海域的嚣张。

3.斫地:以剑击地,表示愤慨。楚汉争:原指西楚霸王项羽与汉王刘邦争夺天下,这里借以比喻从日本帝国主义手中夺回领土。

4.郑延平:即郑成功,曾被南明永历帝封为延平郡王。

【赏析】

1895 年,中日甲午战争中,战败的清政府被迫与日本签订丧权辱国的《马关条约》,将台湾岛割让给日本。1901 年《辛丑条约》签订之后,清政府又与英、美等国签订《通商行船条例》,列强在通商口岸增辟"租界",舰船任意游弋于中国沿海。1908 年深秋,当陈去病乘船穿越汕头海域驶向厦门之际,目睹台湾岛被日本帝国主义践踏的惨状,胸中愤慨难平,创作了一系列诗作,表达对清政府软弱无能、未能守护国土的深切痛惜。《自厦门泛海登鼓浪屿有感》正是这一背景下的力作。

"西风落日晚天晴,列岛遥看战一枰",首联以西风晚照为背景,描绘诗人登临鼓浪屿之巅,远眺海面岛屿密布,犹如一盘激战正酣的棋局,既展现了自然景观的壮丽,又暗含了时局的紧张与复杂。"番舶正连鹅鹳阵,怒涛如振鼓鼙声",将视线转向隔海相望的台湾,只见日本军舰如鹅鹳阵般排列,怒涛拍岸,声声似战鼓,这是对日本帝国主义侵略行径的强烈控诉。颈联描写作者登高远眺,沧海浩渺,不禁发出"斫地谁为楚汉争"的沉痛之问,表达了对英雄挺身而出,捍卫国家领土与主权的深切期盼。然而,山川静默,"海水自深山自壮,不堪重忆郑延平。"尾联这两句诗句,诗人以深沉的笔触描绘大自然的壮丽景象,同时唤起了对民族英雄郑成功的无限怀念。诗人感叹,昔日郑成功能够收复台湾,而如今不仅台湾被割让,连领海也被敌人占据,这种国破山河在的悲愤之情,让人不堪承受。诗句隐含着对新时代英雄的呼唤,希望他们能够像郑成功一样,驱逐外敌,恢复国家的尊严与完整。

陈去病是南社的重要诗人,每一行诗句都激荡着时代的强音。他游历海内外,创作了大量海洋诗。本诗不仅表达诗人深沉的爱国情感,更以其苍劲悲壮的风格,展现陈去病诗歌中借古喻今、宣传反清革命思想的鲜明特色。本诗通过缅怀英雄郑成功,传达了对民族复兴的坚定信念和对未来的无限憧憬。

水兵的心

蔡其矫

要是失掉海,我们就没有自由;/我们/生来就为大海去战斗。

海是祖国光荣的标志;/海是祖国强盛的标志;/海是祖国自由的标志;/祖国,有海的门庭,/祖国,有友谊的通道,/和平,/也将在这里决定最后的胜利。

我们爱,我们守望/在蓝色的大海上。

【作者简介】

蔡其矫(1918—2007),福建晋江人,印尼归侨,被誉为"当代诗坛常青树"。他热爱大海和冒险,著有《回声集》《涛声集》《迎风集》《福建集》等多部诗集。其中,《九日山上眺望》《东西塔的歌》《泉州》《沉船》《郑和航海》《徐福东渡》等多篇诗作,深情描绘家乡泉州作为海丝文化重镇的博大与悠久历史。著名诗人公木认为"他(蔡其矫)在现代中国诗坛上成为第一位'大海诗人'"。

【赏析】

蔡其矫出生于闽南海滨,青少年时期两度往返印尼,拥有着海洋般桀骜不驯性格的他,深切热爱着大海的浩渺无垠与波澜壮阔。作为中国现代较早具有海洋意识的诗人,中华人民共和国成立后,蔡其矫要求去体验海军生活。他分别于 1953 年和 1956 年两次到东海舰队和南海舰队采风,第一次深入舟山群岛,第二次深入西沙群岛,创作出大量反映我国海防建设和水兵生活的壮丽诗篇。

《水兵的心》正是取材于诗人 1956 年的舰队采风生活。诗人将创作视角转向水兵的内心世界,以直抒胸臆的豪迈与昂扬激越的气势表露了水兵守望大海的坚定信念。海是祖国光荣的标志,海是祖国强盛的标志,海是祖国自由的标志。诗歌从多方面凸显出海洋之于国家发展的重要地位,其不仅是"门庭""友谊的通道",更是维护和平的重要空间。这首诗强调海洋有着与陆地同等的重要性,体现出诗人强烈的海洋国土意识与海洋安全意识。

海军生活的真实体验与大海的蔚蓝呼唤不断激发着诗人的创作灵感,发表一系列以海洋为题的诗歌,如《远望》《蓝衣的炮兵》《浪的自白》《海上歌声》《涛声》《海峡长堤》等,结集出版的《回声集》《涛声集》和《回声续集》也使蔡其矫在中国诗坛上拥有了"大海诗人"的名号。这一时期的海洋诗,兼具雄浑、柔美的双重特点,既有宏伟的主题,又充满飘逸的想象。《海峡长堤》先描写海浪的凶险狂暴,继而歌咏厦门长堤的奇伟。《风和水兵》《夜泊》《西沙群岛之歌》等诗作,表达对浪花、波浪、飓风、风帆的挚爱,都是激情满怀、形象生动,给人带来美感和享受。这些诗篇不仅是对海洋自然的赞美,更是中国尊严与力量的展示。

惠安崇武古城

第五部分　福建海洋民俗生活

　　本部分选取从宋代程师孟、刘克庄到当代诗人汤养宗的诗歌，涉及福建沿海地区的民俗文化、宗教信仰、社会生活，具有鲜明的地域特色。诗歌内容涵盖福建海洋民俗的多个方面，如龙舟竞渡、妈祖祭祀、祈风仪式、送王船习俗，以及惠安女子、霞浦连家船的生活，体现海洋民俗文化的丰富性和独特性。这些诗歌记录了不同时期的民俗活动，传承和弘扬了福建海洋文化，反映了人民对海洋的敬畏、依赖和热爱。

端午日南台观竞渡[1]

程师孟

三山缥缈霭蓬瀛，[2]一望青天十里平。

千骑临流搴翠幄，万人拥道出重城。

参差蛛蝀横波阔，[3]飞跃鲸鲵斗楫轻。

且醉樽前金潋滟，笙歌归道月华生。

【作者简介】

程师孟（1009—1086），字公辟，苏州吴县人。宋景祐元年（1034）进士。熙宁元年（1068），以光禄卿出任福州知府，政绩显著，修建子城、扩建城西南隅，并疏浚河道、修桥筑路，还注重文教事业。程师孟在各地任职期间，兴修水利，开仓赈灾，深受百姓爱戴。著有《奏稿》《续会稽掇英录》《诗集》等多部作品，可惜现已佚失。

【注释】

1.南台：在福州城南。相传汉代闽越王在福州城南的闽江钓得白龙，因筑钓龙台，俗称"南台"。

2.三山：福州城内有于山、乌山、屏山三座名山，故称"三山"。这里代指福州。蓬瀛：传说海中有蓬莱、方丈、瀛洲三神山，仙人居之。后人以蓬瀛比喻仙境。

3.蛛蝀：彩虹。《尔雅·释天》："蛛蝀谓之雩。蛛蝀，虹也。"

【赏析】

宋神宗熙宁年间（1068—1077），程师孟出知福州，写了不少关于福州政事民情的文字。"三山两塔一水"是福州城自然景观的标志,"三山"是于山、乌山和屏山,"两塔"指的是白塔和乌塔,"一水"就是闽江。《端午日南台观竞渡》一诗,描写端午节福州狂欢热闹的民俗活动。诗人站在闽江岸上,放眼看江面上波涛滚滚,城中人扶老携幼赶到江边观看龙舟竞赛,场面十分壮观。这首诗是福州历史上最早记载台江段闽江龙舟竞渡的诗,后来被南宋淳熙八年(1181)任福州郡守的梁克家收入《三山志·风俗》。

本诗开篇境界宏阔,总写福州独特的地理环境。"三山两塔"装点着福州城,烟霭缥缈如同蓬莱仙境。福州"山在城中,城在山中"的独特布局,富含历史文化韵味。"一望青天十里平",描写观赛地点开阔无垠的视野,蓝天碧水相映成趣,闽江两岸一片平坦无际。颔联"千骑临流搴翠幄,万人拥道出重城",通过"千骑""万人"的夸张手法,展现出观赛人群的庞大与热情,以及他们对龙舟竞渡这一海洋文化活动的热衷。人们从四面八方汇聚而来,仿佛整个城市都因这场赛事而沸腾,盛况空前。颈联"参差蝀蛛横波阔,飞跃鲸鲵斗楫轻"是诗中最能体现海洋文化特色的两句。蝀蛛,即彩虹,此处用以形容水波上泛起的粼粼光影,如同彩虹般绚烂多彩。鲸鲵,原指海中大鱼,此处巧妙地借用了海洋生物的威猛来比喻龙舟竞渡的激烈与紧张。"斗楫轻"则表现了划桨人轻盈而有力的动作,凸显了海洋文化中勇往直前、敢于拼搏的精神。尾联"且醉樽前金潋滟,笙歌归道月华生",最后两句从紧张激烈的竞渡场景过渡到节日的庆祝活动。人们在观赛后举杯共饮,直到晚上月亮升起。月光下乐队吹奏地方乐曲,极大增强了节日气氛,充分体现出传统民俗文化给人民带来的欢乐。

迎神歌

廖鹏飞

神之来兮何方？戴玄冠兮出琳房。[1]玉鸾珮兮云锦裳，[2]俨若荐兮爇幽香。[3]鼓坎坎兮罗杯觞，[4]奠桂酿兮与椒浆。[5]岁岁祀兮民乐康，居正位兮福无疆。

【作者简介】

廖鹏飞，福建仙游人，南宋绍兴十二年（1142）进士，官至右迪功郎。《迎神歌》《送神歌》均附录在作者的《圣墩祖庙重建顺济庙记》一文。

【注释】

1.玄冠：古代一种黑色的朝服冠名称。琳房：指神仙所居之处。

2.玉鸾珮：鸾鸟造型的玉珮。云锦：丝织品名，锦纹瑰丽有如云彩。

3.俨若：恭敬的样子。荐：祭祀时献牲。爇：点燃。

4.坎坎：象声词，指击鼓声。

5.桂酿：桂酒，酒名。椒浆：以椒浸制的酒浆，古代多用以祭神。

【赏析】

据蒋维锬《妈祖文献资料》考证，廖鹏飞的《圣墩祖庙重建顺济庙记》为"已知最早之妈祖文献资料"。妈祖，原名林默，是北宋时期福建莆田湄洲岛的一位女子，她因救助海难而献出了自己的生命。人们为了纪念她的英勇事迹，尊称她为"妈祖"。

《迎神歌》是一首充满神秘色彩和崇敬情感的诗歌，生动展现当时祭祀妈祖的仪式场景和人们的信仰情感。首句"神之来兮何方？戴玄冠兮出琳房",诗歌以问句开头,引出神明的降临。人们凝视询问神明在哪儿,于是诗句详细描述神明的形象:戴着玄色的冠冕,从琳琅满目的宫殿中走出。这样的描绘营造出一种神圣而庄重的氛围,使读者感受到神明的尊贵和威严。接下来进一步描写神像的装束,"玉鸾佩兮云锦裳,俨若荐兮蒸幽香",描写神明佩戴着玉鸾,穿着云锦般的衣裳,庄重地接受祭品,周围燃烧着幽香。"玉鸾"和"云锦裳"象征着神明的高贵与圣洁,"蒸幽香"则突出了祭祀仪式的肃穆与神秘。祭祀仪式中鼓声阵阵,酒杯排列整齐,用桂酒和椒浆祭奠。诗中的"鼓坎坎"和"罗杯觞"展现了祭祀仪式的盛大隆重与虔诚敬意。最后,"岁岁祀兮民乐康,居正位兮福无疆",总结祭祀的意义和目的。每年都举行这样的祭祀仪式,祈愿人民安乐健康。"岁岁祀"和"民乐康"表达了人们对神明的虔诚信仰和感激之情。神明居于正位,护佑万物生灵,赐予人们无尽的福禄安宁。

送神歌

廖鹏飞

　　神之往兮何所? 飘葳蕤兮步容与。[1] 礼终献兮彻其俎,[2] 鹤驾骧兮云旗举。[3] 灵恍惚兮非一处,江之墩兮湄之屿。[4] 旗摇摇兮睇莫睹,稽首送兮拜而俯。

【作者简介】
见廖鹏飞《迎神歌》。

【注释】
1.葳蕤:羽毛饰物纷披的样子。容与:悠闲自得的样子。
2.终献:古代祀典,有三献之礼,第三次献爵称终献。彻:撤去。

3.鹤驾：仙人的车驾。骧：奔驰。

4.江之墩：指圣墩。墩：土堆，常用作地名。湄之屿：指湄洲屿。

【赏析】

《送神歌》描写顺济庙祭祀仪式中送神的庄重场景，体现了人们对妈祖神的虔诚与敬畏之情。

首句"神之往兮何所"，以设问句开头，引出神明的离去。诗人询问神明将去往何处，紧接着描述了神明离去时的景象，"飘葳蕤兮步容与"，身影飘渺，步伐悠闲从容，这样的描绘营造出一种神秘而庄重的氛围，超脱不凡。"礼终献兮彻其俎，鹤驾骧兮云旗举"，进一步描写送神仪式的过程，这是对神灵的一种恭敬与告别。祭祀礼仪结束，开始撤去供桌上的祭品，神明乘坐着鹤驾，画着熊虎动物图案的彩旗在高扬招展。"鹤驾"和"云旗"象征着神明的高贵与圣洁，展现了神明离去时的庄严与神圣。"灵恍惚兮非一处，江之墩兮湄之屿"，描述神明的灵性迷离轻忽，难以捉摸，无处不在。无论是江边的土丘还是水边的岛屿，都留下了神明的足迹。这里的"江之墩"与"湄之屿"象征着神明的普照与庇护，让人们感受到神明的无所不在。"旗摇摇兮睇莫睹，稽首送兮拜而俯"，最后总结送神仪式的场景。旗帜在风中摇曳，人们凝神顾盼，但已无法见到神灵的身影，最后以叩头跪拜的方式，恭敬地送别神明。

廖鹏飞在《圣墩祖庙重建顺济庙记》中不仅记录了顺济庙的重建历程，还通过附录的《迎神歌》和《送神歌》等歌词，形象描述当时祭祀妈祖的仪式和人们的信仰情感。这些歌词不仅具有文学价值，还为我们研究妈祖海洋文化和古代祭祀文化提供了宝贵的资料。

题顺济庙[1]

黄公度

枯木肇灵沧海东，[2]参差宫殿崒晴空。
平生不厌混巫媪，[3]已死犹能效国功。[4]
万户牲醪无水旱，[5]四时歌舞走儿童。[6]
传闻利泽至今在，千里危樯一信风。[7]

【作者简介】

黄公度(1109—1156)，字师宪，号知稼翁，福建莆田人。黄公度是晚唐诗人黄滔的八世孙，早年在莆田鳌山读书。绍兴八年(1138)赐进士第一，初任平海郡节度判官，调秘书省正字。后被秦桧诬陷，罢为主管台州崇道观，居家 11 年，调通判肇庆府。绍兴二十五年(1155)，授吏部考功员外郎。著有《知稼翁集》《知稼翁词》。

【注释】

1.顺济庙：指莆田宁海圣墩(今属涵江)妈祖庙。顺济庙之“顺济”为宋宣和五年(1123)宋徽宗敕赐的妈祖庙额，也是妈祖庙得到的最早朝廷赐号，规模颇为壮观。

2.枯木肇灵：指妈祖“枯槎显圣”故事。据记载，宋元祐年间(1086—1094)，距离湄洲不远的宁海高墩桥头，常有光气夜现。渔民在海边发现一枯槎(船板)，每当带到岸上便自行返回原地。村民梦中得神女启示，知其为妈祖显圣。遂建庙供奉，名为“圣墩”。

3.巫媪：指女巫。在上古，巫、医不分，传说妈祖生前通巫术，热心为人治病。

4.效国功：指为国立功。相传宣和五年（1123），妈祖在海上显灵，庇佑给事中路允迪出使高丽平安归来。后来又有协助宋兵战胜金兵的故事流传。

5.牲醪：指供祭祀用的牲畜和醇酒。

6.走儿童：指宋代庙会活动中的"小儿队"表演。

7.危樯：指船上高耸的桅杆，代指船只。信风：本指随季节变化，定期定向而来的风，这里指任随风力，即顺风之意。

【赏析】

本诗为已知年代最早的一首妈祖诗，创作于南宋绍兴二十一年（1151）。黄公度应重建圣墩祖庙者李富的邀请，来到涵江白塘地区参观顺济庙时所赋写的。黄公度笔下的顺济庙（即妈祖庙），不仅是一座供奉神祇的庙宇，更是民间信仰、文化传承与情感寄托的重要场所。

首联"枯木肇灵沧海东，参差宫殿崒晴空"，直接描写顺济庙的地理位置及其壮观景象。"枯木肇灵"指的是指妈祖"枯槎显圣"的传说故事，据说妈祖出生于湄洲岛，其灵性能平息海上风浪，保护航海者安全。"参差宫殿"形容庙宇建筑高低错落，与晴朗的天空相映成趣，形成一道美丽的风景线。颈联讲述了妈祖的生平以及她的影响。"平生不厌混巫媪"表明妈祖生前就是一个乐于助人、热心为人治病的女性，即使去世后，她的神迹仍然在护佑着国家和人民。"效国功"指为国立功。相传宣和五年（1123），妈祖在海上显灵，庇佑给事中路允迪出使高丽并平安归来。后来又有协助宋兵战胜金朝的故事流传。颔联描述妈祖信仰及其给当地民众带来的福祉。由于妈祖的庇护，居民们不再遭受水旱之灾，生活安定，从而有充足的物品进行祭祀。"四时歌舞走儿童"是指宋代的"小儿队"歌舞表演活动十分热闹，反映出南宋时期莆田的妈祖祭祀民俗活动十分丰富。尾联"传闻利泽至今在，千里危樯一信风"，着重彰显妈祖信仰的持久影响。妈祖的灵验故事至今仍在流传，她的保佑能够使千里之外远行的船只顺风航行,能够平安顺利。

《题顺济庙》描写顺济庙的巍峨和庄严,展现妈祖祭祀的壮观场面及其在民间信仰中的重要地位。整首诗通过对妈祖庙的赞美和对妈祖神迹的颂扬,表达了民众对这位海上女神的敬仰之情。

提举延福祈风道中有作次韵[1]

王十朋

雨初欲乞下俄沛,风不待祈来已薰。

瑞气遥看腾紫帽,[2] 丰年行见割黄云。

大商航海蹈万死,远物输官被八垠。[3]

赖有舶台贤使者,[4] 端能薄敛体吾君。

【作者简介】

王十朋(1112—1171),字龟龄,号梅溪,浙江乐清人,南宋著名政治家、诗人。绍兴二十七年(1157)状元,官秘书郎。曾数次建议整顿朝政,起用抗金将领。历任江西上饶、重庆奉节、浙江湖州、福建泉州等地的知州,救灾除弊,清勤练达。乾道四年(1168)至乾道五年(1169)任泉州知州。王十朋以名节闻名于世,刚直不阿,批评朝政,直言不讳。著有《梅溪集》。

【注释】

1.提举:"提举市舶司"的简称。市舶司是宋代海外贸易的管理机构,其性质类似于海关。祈风:祈求顺风。

2.紫帽:指泉州的紫帽山。

3.八垠:指极远的地方,此句强调了商贸的广泛和物资的丰富。

4.舶台:指提举市舶司的机构。

【赏析】

乾道四年(1168),王十朋任泉州知州。《提举延福祈风道中有作次韵》一诗,描述泉州官员去延福寺举行祈风祭典的情况,表达仁爱为民的思想。

祈风,是祈求顺风的典礼。宋时,海舶远洋航行,靠的是季节风,简称季风或信风,冬季刮东北风,是泉州港海舶出国的好季节;夏季刮西南风,是返航的好时候。王十朋有诗句"北风航海南风回",这是古代劳动人民利用信风航海规律的经验,如果风不顺,就要误期,甚至下一年才能回来。泉州的祈风典礼,一般每年两次,在夏四月和冬十月或十一月举行。典礼由泉州知州或市舶司提举主持,在九日山昭惠庙延福寺(即通远王祠)举行。

本诗描述王十朋与泉州市舶司提举马希言等官员到九日山的延福寺举行祈风祭典,他们在路途中就感到熏风吹拂,雾气蒸腾。马希言兴致来临,赋诗一首,王十朋按照原诗的韵和用韵次序进行创作,以此诗相唱和。

"雨初欲乞下俄沛,风不待祈来已薰",通过对自然现象的描绘,体现作者对大自然顺应人心的感激之情。想起前不久才举行祈雨仪式,庆幸雨水在祈祷之初就迅速降临,雨量充沛。而现在还未去祈风,和风便已温暖吹来。颔联"瑞气遥看腾紫帽,丰年行见割黄云",这两句从宏观的自然景观转移到了农田的丰收场景,展现了一幅丰饶的景象。远望过去,有祥瑞之气在泉州紫帽山上盘旋。王十朋心中时刻装着他的百姓,希望百姓能遇上丰收年。颈联"大商航海蹈万死,远物输官被八垠",提到古代的商人冒着生命危险从事海上贸易,将远方的物资输送到国内,促进商业贸易的繁荣。尾联"赖有舶台贤使者,端能薄敛体吾君",表达了作者对那些贤能且有道德的官员的赞赏。"贤使者"是对这些官员的称赞,他们能够适当减轻税收,体谅君王的用心与民众的负担。他们能够平衡好税收和民生,促进国家的长远发展。所有这些,都体现了作者对清明贤能政治的推崇和期待。

白湖庙二十韵

刘克庄

灵妃一女子，瓣香起湄洲。[1] 巨浸虽稽天，[2] 旗盖俨中流。[3] 驾风樯浪舶，翻筋斗千秋。既而大神通，血食羊万头。封爵遂綦贵，[4] 青圭蔽珠旒。[5] 轮奂拟宫省，[6] 盥荐皆公侯。[7] 始盛自全闽，俄遍于齐州。[8] 静如海不波，幽与神为谋。营卒尝密祷，山椒立献囚。[9] 岂必如麻姑，[10] 撒米人间游。亦窃笑阿环，种桃儿童偷。[11] 独于民锡福，[12] 能使岁有秋。每至割获时，稚耄争劝酬。坎坎击社鼓，呜呜缠蛮讴。[13] 常恨孔子没，豳风不见收。[14] 君谟与渔仲，[15] 亦未尝旁搜。束晳何人哉，[16] 愚欲补前修。缅怀荔台叟，[17] 纪述惜未周。他山岂无石，可以磬且锼。[18] 吾老毛颖秃，安能幹万牛。[19]

【作者简介】

见刘克庄《洛阳桥三首》

【注释】

1.瓣香：佛教语，犹言一瓣香。比喻敬仰的心意。

2.巨浸：指大浪连天。《庄子·逍遥游》："大浸稽天而不溺。"

3.旗盖：古代仪仗中的旗与伞。俨：整齐的样子。

4.綦：极，甚。

5.青圭：古代礼器。用青玉制成，上尖下方。圭：长条形古玉器。珠旒：王冠前后的珠串。常借指帝王。旒：冕冠前后悬垂的玉串。

6.轮奂:高大华美,高大众多。宫省:设于皇宫内的官署。如尚书、中书等,也指皇宫。

7.盥荐:犹"盥献",盥祭进献。盥,祭名,酌酒浇地降神。

8.齐州:中州,指中国。

9.山椒立献囚:写妈祖帮助剿敌立功。献囚:献俘,古代军礼,凯旋时以俘虏献于宗庙,以显示战功。山椒:山顶。南朝谢庄《月赋》中有:"菊散芳于山椒,雁流哀于江濑。"

10.麻姑:中国古代神话中的女仙。传说东汉时应召降临蔡经家。传说麻姑能掷米成珠。

11.阿环:指神话中的西王母。"种桃"一句:指"东方朔偷桃"典故。《汉武故事》载:"东郡送一短人……召东方朔问。朔至,呼短人曰:'巨灵,汝何忽叛来,阿母还未?'短人不对,因指朔谓上曰:'王母种桃,三千年一作子,此儿不良,已三过偷之矣。'"

12.锡福:赐福。

13.蛮讴:南方少数民族歌曲。

14.豳风:《诗经》中"国风"之一。

15.君谟:北宋名臣仙游人蔡襄的字。渔仲:南宋著名史学家莆田人郑樵的字。

16.束皙:字广微,阳平元城(今河北大名)人,西晋文学家。因《诗经·小雅》中有笙诗六篇"有其声而亡其辞",乃补作《南陔》《白华》等篇,称"补亡诗"。

17.荔台叟:指宋代莆田人翁元,字荔台。光宗绍熙三年(1192),兴化知军赵彦励主修绍熙《莆阳志》,翁元、方秉白等人主笔编纂。

18.砻:磨。曹植《宝刀铭》:"造兹宝刀,既砻既砺。"镂:刻镂。

19."吾老"二句:意谓自己年老笔拙,难有能力改变大势。毛颖,唐韩愈作《毛颖传》,以笔拟人。后人以毛颖为笔的代称。万牛:比喻力量巨大。

【赏析】

刘克庄晚年曾回莆田家乡居住，淳祐四年（1244），他拜谒了白湖妈祖庙。白湖庙位于莆田城南，由曾任南宋孝宗朝宰相的莆田人陈俊卿于绍兴二十七年（1157）捐地建造。《白湖庙二十韵》不仅是对妈祖英勇、灵验和福佑的赞美，更是对宋代妈祖信仰民间祭俗现象的生动刻画，总结了妈祖在北宋短短 100 多年间由人到神的历史。本诗是我国历史上最早的歌颂妈祖信仰的史诗之一，具有极高的史料价值。

妈祖，原名林默，是莆田湄洲岛的民女，生而灵异，拥有巫术之力，常为当地渔民求卜问卦，指点迷津，逢凶化吉，有求必应。她去世后，被尊为海上保护神，并在此地建立庙宇供奉。随着宋代我国航海业的发展和海上"丝绸之路"贸易的繁荣，以及历代皇帝的加封进爵，妈祖信仰逐渐从莆田沿海地区传播到全国、东南亚乃至全世界，形成了一种独特的民间信仰和妈祖文化。世界各地，有华人的地方就有妈祖庙。

在《白湖庙二十韵》中，刘克庄通过描绘妈祖的形象和祭祀的场面，展现了妈祖的威严和神秘。他的诗句"灵妃一女子，瓣香起湄洲"被誉为妈祖诗歌的绝唱，生动地描绘了妈祖由人变神的过程以及妈祖信仰的起源。他笔下的妈祖形象栩栩如生，如"驾风樯浪舶，翻筋斗千秋"等句，充满了灵动与神异色彩。他还叙述了妈祖受到朝廷敕封的情况，以及妈祖信仰如何从福建迅速传播到全国的过程，提到宋宣和年间妈祖神助给事中路允迪出使高丽（今朝鲜）的故事。"始盛自全闽，俄遍于齐州""静如海不波，幽与神为谋"等句，追溯了妈祖传说的历史，表达了对妈祖神迹的深切信仰与崇敬。

此外，刘克庄还提到了神话传说中的麻姑、西王母的神迹，用"独于民锡福，能使岁有秋"等句强调了妈祖女神对百姓的仁爱护佑。妈祖女神赐福于民众，使天下风调雨顺，每年都有好收成。"每至割获时，稚耋争劝酬""坎坎击社鼓，呜呜缠蛮讴"等诗句，指出老百姓无论老少都对妈祖敬重祭献，渲染出妈祖庙祭祀鼓乐齐鸣喧腾热闹的景象。最后，诗人表达了自己对妈祖信仰历史的追溯和思考。"吾老毛颖秃,安能斡万牛",诗人感叹自己年老笔拙,难有能力改变大势。刘克庄对白湖庙产生了新的认识,感叹前人的纪述不够详实全面,即便是蔡襄(君谟)和郑樵(渔仲)等人对妈祖信仰的记载也是不足。为了弥补缺憾,他创作了这首气势恢宏的史诗,为我们留下宝贵的文献资料。

兴化湄洲岛祠天妃还(二首)

贡师泰

清朝严典礼,¹宣阁遣词臣。²衣带天边雪,花逢海上春。
稍能更祀事,亦足慰疲民。万里行方远,朝来更问津。

夜宿吴山上,³朝行莆海东。⁴地偏元少雪,天阔自多风。
不见波涛险,宁知造化功。百年神女庙,⁵长护海霞红。⁶

【作者简介】

贡师泰(1298—1362),字泰甫,号玩斋,安徽宣城人。泰定四年(1327)进士,历任太和州判官、绍兴路总管府推官等职,以善断疑狱、治理有方闻名。在任江浙行省丞相和平江路总管期间,他推行公平征税,革除积弊,有效缓解了京师粮荒。至正十五年(1355),贡师泰被任命为福建廉访使,以实际调查为基础,按民众的贫富状况合理征收赋税,革除陈规陋习。至正二十年(1360),授户部尚书,以闽盐易粮,由海道转运给京师,提供了数十万石粮食。至正二十年(1360)八月,福州勉斋书院竣工,贡师泰写作《勉斋书院记》,其中记载了黄榦的事迹。文学上,贡师泰诗文俱佳,作品《东轩集》《玩斋集》流传至今。

【注释】

1.清朝:清平的朝代。

2.词臣:旧指文学侍从之臣,掌管朝廷制诰诏令撰述的官员,如学士、翰林之类。

3.吴山:吴山地属江苏,与浙江交界。这里不必实指,泛指在吴越之地。

4.莆海东:莆田的东南部沿海。

5.百年神女庙:指妈祖庙已有一百多年的历史。

6.长护海霞红:妈祖传说。在清代学者赵翼的《陔余丛考》中,记载了妈祖信仰在海上航行中的重要作用和影响。相传在大海中遇到风浪危急之时,船夫若高声呼救,常常会有红灯或神鸟出现,从而使得船只得以脱险,这被认为是妈祖显灵的结果。

【赏析】

贡师泰曾于至正十二年(1352),以翰林待制、国子司业的身份奉旨祭祀湄洲岛的天妃庙。这两首是关于兴化湄洲岛天妃祠的诗,通过南北行程上的所见所感及对湄洲岛自然景观的描绘,表达人们对天妃这位海上女神的崇敬,以及对海洋文化遗产的珍视。

第一首诗开篇直接写出元代当时的政治环境和社会氛围。在政治清明、重视礼仪制度的社会背景下,贡师泰接受朝廷的派遣南下执行任务。颔联通过对比手法,展现了旅途中所经历的不同地域的景象。"衣带天边雪"暗示着作者身负使命,旅途遥远,从都城出发来到闽海之滨的湄洲岛。"花逢海上春",描写沿途所见春意盎然,海岛上繁花盛开,充满希望和生机。颈联"稍能更祀事,亦足慰疲民",反映了作者对国家大事的关注和对民众疾苦的同情。尾联"万里行方远,朝来更问津",意味着国家大事记挂在心,回程的路途万里迢迢,揭示作者对未来道路的探索精神。诗中既有对个人使命的坚守,也有对国家命运和民众生活的关注。

第二首诗中,首联"夜宿吴山上,朝行莆海东",描写贡师泰一行人夜晚在吴越之地住宿,次日早晨启程向莆海东部行进。这样的开头既交代了行程,也引出了下文对自然景象的描写。颔联"地偏元少雪,天阔自多风",描述了南方滨海地区的气候特点:地理位置偏远,所以降雪较少;而天空辽阔,自然风力较强。这些描写体现了作者对自然环境的敏锐观察和深刻理解。颈联"不见波涛险,宁知造化功",指出深刻的生活体验和哲思。没有见到海上波涛的险恶,便无法真切体会到自然界的伟大和神奇。"波涛险"与"造化功"形成对照,强调了自然界的力量和人类认知的局限,也流露出作者对天地造化的赞叹与敬畏。诗的结尾回归主题,阐释妈祖保护海上出行平安的神职功能。这座供奉天妃海神的庙宇已有一百多年的历史,长久地守护着海上航行的安全。

北宋时期,福建莆田湄洲的林默娘,因救助他人而献出自己的生命。人们纪念她的英勇事迹,尊称她为"妈祖"。自宋高宗首次赐封妈祖"灵惠夫人"起,历代皇帝对妈祖的褒封次数多达 36 次,封号从夫人升至妃、天妃、天后,直至"天上圣母",成为民间广泛敬仰的海神。妈祖信仰不仅在中国沿海地区广为流传,而且也随着华侨华人的脚步传播到了世界各地。2009 年,妈祖信俗被联合国教科文组织列入人类非物质文化遗产代表作名录,成为全人类共同的精神财富。

石浔竞渡

林希元

杯酌交酬后,楼台雨过时。半江沉夕照,高阁起凉飔。
波静鱼龙隐,人喧鸥鹭疑。未看竞渡戏,先动屈原悲。
结阁临江渚,携杯对晚晖。龙舟随地辟,梅雨逐风微。
云敛山争出,天空鸟独飞。海鸥浑可狎,知我久忘机。

【作者简介】

林希元(1481—1565),字茂贞,号次崖,福建同安(今厦门)人。明正德十二年(1517)进士,授南京大理寺评事。嘉靖皇帝登基,林希元上《新政八要》,历数前朝弊端,倡行新政。为人耿直,仕途坎坷。去职居家,正逢同安旱灾,林希元为民请命,连上三书请太守发银赈济。嘉靖三十七年(1558),倭寇进犯同安。当时林希元已 77 岁,仍上书提出抗倭保境的策略。一生精研理学,著有《易经存疑》《四书存疑》《荒政从言》《林次崖先生文集》。

【赏析】

端午节龙舟竞渡是中国传统文化中的一项重要活动,它不仅具有纪念屈原的意义,还是一项全民游乐和体育竞技活动。在隋朝时期,龙舟竞渡已经成为一种比赛,吸引众多观众前来观看。龙舟的设计独特,首尾都呈龙形,船身狭长,底尖轻巧便捷,滑行如飞。每艘船上有十余人分两排同向坐,各执短桨。船首一人击鼓助威,船尾一人执梢,指挥方向。赛前还有祭龙头的仪式。

《石浔竞渡》是一首以端午节龙舟竞渡为主题的诗歌,通过丰富的意象和生动的细节描写,刻画闽南地区龙舟竞渡前后的氛围和场景,展现了自然美景与人文情感的和谐交融。

诗歌开篇设定了一个闲适而惬意的场景,"杯酌交酬后,楼台雨过时",人们相互敬酒欢聚畅饮,正是雨后天晴时节,楼台更显清新脱俗,给人一种愉悦轻松的感觉。"半江沉夕照,高阁起凉飔",渲染出宏阔视野下自然景象的壮丽。江水被夕阳染得金黄,半沉半浮,美不胜收。而高楼之上,微风拂面,令人心旷神怡。"波静鱼龙隐,人喧鸥鹭疑",进一步描绘了水面的平静,与岸边的喧嚣形成鲜明对比。水波不兴,鱼龙隐匿,人们的喧闹声却让鸥鹭产生疑惑,诗句采用动静结合的描写来展现自然界的和谐。"未看竞渡戏,先动屈原悲",此句突然转折,将读者的思绪从眼前的美景拉向深远的历史文化层面。龙舟竞渡作为端午节的重要习俗,本是庆祝丰收、驱邪避害的象征,但诗人却在此刻想到屈原,不禁心生悲意。这句诗表达了诗人对于屈原的怀念和敬仰,也交代了赛龙舟活动的起源与纪念屈原有关。"结阁临江渚,携杯对晚晖",诗人的视角转回到眼前的景象,楼阁临江,举杯对晚,随风渐散。"龙舟随地辟,梅雨逐风微",农历五月端午节正是南方梅雨季节,俗称龙舟雨,此句写出闽南地区龙舟比赛氛围的浓烈和季节阵雨过后的清新。"云敛山争出,天空鸟独飞。海鸥浑可狎,知我久忘机。"结尾四句,诗人以更加豁达超然的心态,描绘了云散山出、天空辽阔、鸟儿自由飞翔的景象,并借海鸥之可亲近,表达了自己内心已久无心机,与自然和谐共处的理想境界。

从整体上看,本诗描述明代同安石浔地区端午节的丰富内容,祭神、纪念屈原、戏剧表演、请客饮酒、赛龙舟等,都体现出民众祈福消灾的习俗意义。这首诗不仅让我们感受到了龙舟竞渡的独特魅力,也让我们对闽南海洋文化有了更深入的了解。

咏采莲斗龙舟

黄克晦

乍采芙蓉制水衣,蒲觞复傍钓鱼矶。

歌边百鹢浮空转,镜里双龙夹浪飞。

倚棹中流风澹荡,回桡极浦雨霏微。

为承清醴耽佳赏,自怪猖狂醉不归。

【作者简介】

黄克晦(1524—1590),字孔昭,号吾野,福建惠安人,明朝著名诗人。无意功名,与名流士绅结社吟诗,遍游名山大川,两度游京。其诗作多表现超然物外、隐逸避世的思想,同时不乏对时事的洞察与感慨,先后结集有《金陵稿》《匡庐集》《北游草》《蓟州吟》《西山唱和集》《观风录》等，共七十卷，可惜大多散佚。

【赏析】

黄克晦的《咏采莲斗龙舟》选自《安海志》。泉州安海古称安平港，明朝时期安平港的航运十分繁荣。本诗描写端午节龙舟竞渡、中流击水的场景，凸显海洋文化的特点。端午节又称端阳、端节，民间俗称为"五月节"。在闽南泉州，端午节除了包粽子、祈福消灾等传统习俗外，还保留着赛龙舟、嗦啰嗹、泼水节等民俗活动。嗦啰嗹，也称"采莲"，是晋江安海独特的端午民俗，至今有 800 多年历史。每年端午节前后，大街小巷到处可见一队队人手执"缚榕缚艾"的长杆"采莲旗"，抬着造型奇异的龙王头，唱着"嗦"褒歌，一路踏舞，挨家挨户"采莲"，后来演变为一种祝福的仪式。

《咏采莲斗龙舟》是一首描绘水乡生活与龙舟竞渡盛况的诗歌。诗歌开篇扣题，首联诗句直接勾勒端午节的"采莲"民俗活动，蕴含着对美好生活的向往。"蒲觞复傍钓鱼矶"，描绘人们在钓鱼矶旁举杯共饮的闲适场景，表达了人们对节日的期待和喜悦。颔联转而描写龙舟竞渡的壮观场面。"歌边百鹢浮空转"，以"百鹢"（即众多水鸟）比喻龙舟，形象描绘了龙舟在江面上疾驰如飞的情景，同时歌声与鼓声交织，更添了几分热闹与激情。"镜里双龙夹浪飞"，将平静的江面比作镜子，龙舟如同双龙一样在浪尖上穿梭，夹带着浪花飞溅，展现出龙舟竞渡的激烈与惊险。颈联继续描绘龙舟竞渡的场景，但笔触更加细腻，情感也更为深沉。"倚棹中流风澹荡"，描述龙舟队员们倚靠在船上，任凭江风轻轻吹拂，展现出一种从容不迫的悠然心态。"回桡极浦雨霏微"则写出天气的变化，龙舟在远处的江面上划行，细雨蒙蒙，为这场竞渡增添了几分清凉与诗意。这两句诗描绘了龙舟竞渡的动态美。尾联以诗人的自我抒怀作结。"为承清醴耽佳赏"，诗人承蒙美酒款待，尽情欣赏眼前美景，流露出一种感激与满足之情。"自怪猖狂醉不归"，则以一种自嘲的口吻，表达自己因陶醉于美景与欢乐之中而忘却归途的洒脱狂放。这两句诗,既展现了诗人豪放不羁的性格特点,也透露出他对夏日水乡生活的留恋。

西湖观竞渡

谢肇淛

一曲湖如镜,轻舟隐芰荷。况当悬艾筣,共听采菱歌。

棹影群龙戏,涛声万马过。楫飞晴散雨,鼓急小惊波。

藉草红裙密,鸣榔锦袖多。战酣残暑失,酒醒晚风和。

胜事追河朔,英魂吊汨罗。人归纤月上,良夜乐如何。

【作者简介】

见谢肇淛《登龙首山绝顶》。

【赏析】

《西湖观竞渡》描写明代福州西湖上龙舟竞渡的壮观景象,是一首集自然美景、民俗风情与历史追思于一体的佳作。

"一曲湖如镜,轻舟隐芰荷",诗人以"镜"比喻西湖展现了西湖平静清澈的美丽,"轻舟隐芰荷"则巧妙地勾勒出龙舟穿梭于茂密荷叶间的灵动画面,预示着竞渡活动的即将上演,为全诗铺设了清新脱俗的背景。"况当悬艾筣,共听采菱歌",点明了时间背景,端午节艾草的芬芳与采菱歌的激扬交织在一起,让人感受到淳厚的民俗风情。诗人借此将自然景致与人文活动紧密结合,使画面更加生动饱满。"棹影群龙戏,涛声万马过。楫飞晴散雨,鼓急小惊波。"以上几句是全诗的高潮,通过比喻和夸张手法,将龙舟竞渡如火如荼的激烈情景描绘得淋漓尽致。龙舟在水中穿梭,桨影翻飞,仿佛群龙共舞;涛声轰鸣,如同万马奔腾;桨击水面,溅起的水花如同晴天之雨;鼓声急促,激起层层波浪。这一系列绘声绘色的描写令人心潮澎湃,仿佛身临其境。

"藉草红裙密,鸣榔锦袖多",这两句描写观众热烈的反应。红裙锦袖,色彩斑斓,写出众多观众的热情参与,渲染了节日的喧闹和欢乐。接下来的四句笔锋一转,在描绘竞渡的激烈与观众的热烈之后,将思绪引向深远的历史。竞渡活动虽为节日的娱乐,但其背后却蕴含着对古代忠臣屈原的纪念与缅怀。"英魂吊汨罗"是对先贤英魂的追思,使全诗在热烈欢快之余,增添了一份深沉庄重的历史感。最后两句则描写西湖观赛活动结束后的情景,夜晚月亮升起,人们兴尽而归,依然陶醉在节日的欢快幸福中。

台江观竞渡二首

曹学佺

山河原属越王台,台下江流去不回。
只为白龙先入钓,纷纷鳞甲截江来。

人看龙舟舟看人,人行少处少船行。
有时泊在柳阴下,箫鼓寂然闻水声。

【作者简介】

见曹学佺《送杜给谏册封琉球》。

【赏析】

台江位于福州,历史上以龙舟竞渡闻名。自汉代以来,福州的端午节龙舟竞渡除了为纪念爱国诗人屈原外,还有许多与本地信仰有关的特点。汉代龙舟竞渡与闽越王余善钓白龙的传说有关。据传,为了激励士气并争取闽越族群众的支持,闽越王在白龙江(今闽江)设立了钓龙台,并放置了用木头雕刻的白龙作为目标。北宋之后的几百年间,福州城(尤其在台江一带)的龙舟赛一直兴盛不衰。龙舟竞渡多在西湖、内河或闽江水流较平缓的地段举行。

第一首诗主要描绘台江江面上龙舟竞渡的激烈场景。诗中提到"山河原属越王台",越王台是福州的一个历史遗迹,"原属"一词,暗示了台江地区悠久的历史文化。"台下江流去不回"是形容江水奔腾不息,象征着时间的流逝和文化的传承。"只为白龙先入钓,纷纷鳞甲截江来"中用"白龙"比喻领先的龙舟,描写各个龙舟队奋勇前进,仿佛一条条龙在江面上穿梭,激起层层波浪,力争拔得头筹。

第二首诗则转向描绘江岸上的观众。"人看龙舟舟看人",形成了人与舟之间的互动,表现观众与龙舟之间的情感联系。"人行少处少船行"反映了观众的分布与龙舟竞渡的路线。"有时泊在柳阴下,萧鼓寂然闻水声",则描绘了龙舟在柳树下停泊时的宁静,与竞渡时的热闹形成鲜明对比,营造出一种动静相宜的美感。

这两首诗记录了台江龙舟竞渡的盛况,反映了福州地区的民俗风情。近年来,福州举办了多次国际龙舟赛,使闽都的龙舟风情和龙舟文化远播海内外,进一步弘扬了中华民族的传统文化。

王　船

萧宝棻

　　夏月乡人制小船一座,船器具食物俱全。诹日迎遍街衢,并备牲礼,将船送往海滨焚化,谓之"送王爷船"。

　　牲仪果品送家家,一座王船萃物华。

　　清醮建余随绕境,海滨火化当驱邪。

【作者简介】

　　萧宝棻(1821—1861),字韵秋,福建厦门人。著有《鹭江竹枝词》300首。竹枝词是一种流行的民歌体裁,以吟咏风土人情为主要内容,他的作品对于研究晚清时期的风土人情和民俗文化具有重要的参考价值。

【赏析】

　　2020年12月17日,联合国教科文组织将中国与马来西亚联合申报的"送王船——有关人与海洋可持续联系的仪式及相关实践"列入当年《人类非物质文化遗产代表作名录》,这是中国非遗保护的一项重要事件。

　　送王船仪式起源于中国南方,尤其是闽台地区及东南亚闽人社群,其原始意义在于"烧船送瘟",即通过焚烧纸船或木船来送走瘟神,祈求消灾避祸、除病祛邪。随着时间的推移,送王船仪式的内涵逐渐丰富,扩展为祈求滨海民众生活美满、风调雨顺、四境平安。现在常见"代天巡狩"的名号,是送王船仪式意义转变的重要体现,不仅体现在物质层面(如渔业资源的获取),更体现在精神层面(如海洋信仰、海洋文化的传承等)。

　　萧宝棻的《王船》一诗,以简练直白的语言描绘闽南地区"送王船"的独特仪式。诗歌开篇两句,便以宏大的视角,将读者带入一个热闹的场景之中。家家户户准备祭祀用的牲仪果品,体现出乡民们对此次仪式的重视,也展现了他们慷慨好客、共享喜悦的淳朴民风。"一座王船萃物华",更是直接点出了仪式的核心——那座精心制作、满载丰富物品的王船,是乡民们对神灵的虔诚供奉,它不仅是物质财富的汇聚,更是乡民们精神信仰的象征。"清醮建余随绕境,海滨火化当驱邪"两句诗详细描写仪式的具体过程,细节描写尤其生动传神。"清醮"即祭祀活动仪式,用于祈福消灾。"绕境"写出仪式的隆重和广泛参与性,乡民们抬着王船绕行村落,以此来祈求神灵保佑。随后,"海滨火化当驱邪",将王船送往海滨焚化,是仪式的高潮与终结,送王船的鼓点延续着闽人对海洋的虔敬与诗性想象。火光冲天,烟雾缭绕,象征着邪恶势力被驱逐,寄托着乡民对平安吉祥、风调雨顺的美好愿望。诗歌蕴含着丰富的海洋文化内涵,是研究闽南地区海洋信仰和民俗文化的重要文献。

海神(节选)

蔡其矫

农历的三月是华丽季节/一千岁月磨亮的天空/荒岛彩绘的宫殿闪闪发光/一树大蠹结满鲜灵灵的太阳

燧发枪频频轰响/祭神的队伍连绵不断/帆形发式波纹衣裤/如云在海湾的镜面散步

滚滚浓烟领我走进神话深处/黑暗中双眸洞察时空/叮当耳环在发丛寻找航路/嘘息吹开眼睫引出灯塔白光

肉体和灵魂都不能跨越死亡/信仰也曾经倒塌/历史冷冷如这荒岛/却也不能夺去最后一点幻想

认识你要经历一番灵魂的冒险/我渴望这一切不是虚无/用女

性的柔情把世间温暖/深邃一如大海的梦

风波年年的国度/漫漫长夜传来天性的呼声/对人怜悯一些吧/给人多多的爱情吧

一再受风暴鞭笞/向你举起我的忧伤/让我为你眼睛所透露的语言高歌/抚慰所有寒冷的心

【作者简介】

见蔡其矫《水兵的心》。

【赏析】

蔡其矫被海神妈祖的文化意义所感动折服,在 1986 年 5 月创作出近百行的长诗《海神》。《海神》共分为三章,诗歌充满历史感,内容包罗万象。第一章先描写海洋的雄奇深邃,回顾中国的历史与对外关系("最初的海洋全是浪漫/巨大的扶桑树长在海上")。第二章叙述中国海神形象的变迁,从四海龙王到南海广利王,突出湄洲岛上年轻海神的诞生及其意义("营救一次又一次的海难/注定要在岩石上飞升",大慈悲即大英雄,"在岛上站成新的航标/掷过双眸镇住千年涛声")。第三章把神话传说与农历三月妈祖祭神的场面结合起来,着意渲染的是海神用女性的柔情温暖世间的传奇,最后回归世人的怜悯和深情。

此处节选的是《海神》诗歌的第三章。诗歌首先浓墨重彩描绘妈祖祭祀的盛况:"农历的三月是华丽季节/一千岁月磨亮的天空/荒岛彩绘的宫殿闪闪发光"。诗人将妈祖崇拜置于千年时间维度中,暗示这一信仰历经沧桑而愈加璀璨。"燧发枪频频轰响,祭神的队伍连绵不断"的仪式场景,展现了海洋文化中人与神之间独特的沟通方式——不是静默的祈祷,而是充满生命力的庆典。这种祭祀文化反映了沿海居民对海洋既敬畏又依赖的矛盾心理,他们通过盛大的仪式寻求精神慰藉与安全保障。诗中帆、波纹、海湾等意象,巧妙地将海洋元素融入湄洲女的形象,暗示人与海早已在文化层面上融为一体。"帆形发式波纹衣裤"是湄洲女头饰服饰的典型特征,既承载渔家文化,又寄托平安归航的美好祈愿。民谣"帆船头、大海裳、红黑裤子保平安"生动概括了湄洲女服饰的文化内涵。

蔡其矫笔下的妈祖形象突破了传统神祇的单一维度,呈现出复杂而现代的特质。"滚滚浓烟领我走进神话深处/黑暗中双眸洞察时空",展现的是妈祖作为导航者的神圣性,诗歌用"叮当耳环在发丛寻找航路",将女性饰品转化为指引方向的航海工具,这一意象既保留了妈祖作为海上保护神的传统身份,又赋予她鲜明的女性特质。更为深刻的是,诗人并未回避信仰的脆弱性,"肉体和灵魂都不能跨越死亡",这种对信仰危机的坦诚,使妈祖形象更具人性深度。妈祖不再是高高在上的神,而是能理解人类困境的精神同伴,她的"灯塔白光"不仅是物理空间上的指引,更是精神上的救赎。

《海神》中的海洋文化呈现出强烈的女性主义色彩。诗人将妈祖塑造为"用女性的柔情把世间温暖"的形象,这与传统海洋叙事中充满男性气概的冒险故事形成鲜明对比。"深邃一如大海的梦"的比喻,将女性特质与海洋的神秘性相联系,暗示海洋文化中阴柔力量的不可或缺。"对人怜悯一些吧/给人多多的爱情吧",更是将妈祖的悲悯情怀提升到更高的层次。妈祖眼睛所透露的语言,则成为超越文化界限的安慰符号。这种将海洋文化与女性关怀相结合的视角,打破了航海叙事中的性别藩篱,为海洋文化注入了温暖的人文光辉。可以说,海洋女神形象,使中国新诗第一次有了诗的海神!

时至今日,妈祖信仰不仅在中国沿海地区根深蒂固,更随着华人的足迹遍布世界各地,形成了一种独特的文化现象——妈祖文化。这种文化不仅包含了宗教信仰的层面,还融合了海洋文明、民间信仰、艺术审美、道德伦理等多个方面,成为连接海内外华人情感的纽带,体现了中华民族"和平、勇敢、智慧、善良"的传统美德。每年的妈祖文化节、妈祖巡游活动,不仅是对妈祖的纪念与传承,也是促进民间文化交流、增强民族凝聚力的重要平台。

惠安女子

舒　婷

野火在远方,远方/在你琥珀色的眼睛里

以古老部落的银饰/约束柔软的腰肢/幸福虽不可预期,但少女的梦/蒲公英一般徐徐落在海面上/呵,浪花无边无际

天生不爱倾诉苦难/并非苦难已经永远绝迹/当洞箫和琵琶在晚照中/唤醒普遍的忧伤/你把头巾一角轻轻咬在嘴里

这样优美地站在海天之间/令人忽略了:你的裸足/所踩过的碱滩和礁石

于是,在封面和插图中/你成为风景,成为传奇

【作者简介】

舒婷(1952—　　),原名龚佩瑜,厦门人。当代朦胧诗派代表人物,著有《双桅船》《会唱歌的鸢尾花》《始祖鸟》《秋天的情绪》《致橡树》等十余部诗集。

【赏析】

舒婷成长于美丽的鹭岛,自小熟悉轮渡码头、海洋季风和潮汐,对于大海有着女性特有的眷念与喜爱。舒婷的诗歌具有鲜明的海洋元素,如灯塔、双桅船、波浪、贝壳、珍珠、海鸥等。《致大海》《海滨晨曲》《珠贝——大海的眼泪》《船》《岛的梦》《双桅船》《礁石与灯标》《海的歌者》《放逐孤岛》等都是关于大海主题的佳作,诗歌以熟悉的大海为歌咏对象,表达对生活的多重思考。

1981 年 4 月,舒婷创作的《惠安女子》超越传统意义上的女性视角,从生命的高度探寻女性的境遇和主体性,诗歌对苦难的抒写具有时代意义。"惠安女子"是生活在惠安县沿海的汉民族妇女群体,在旧社会,惠安男人出海,女性守家,生活艰苦。惠安女的服饰为"黄斗笠、花头巾、蓝短衫、银腰链、黑宽裤",奇异而独特的惠安女服饰,已被列入第一批国家级非物质文化遗产保护名录。

在诗人的笔下,惠安女子是海天之间最动人的风景。她们琥珀色的眼睛里,倒映着远方的野火与无边的浪花;她们柔软的腰肢上,缠绕着古老部落的银饰与岁月的重量。这些女子,是海洋孕育的精灵,是苦难与诗意交织的传奇。惠安女子的美,是一种带着咸涩的美。她们赤足踩过碱滩与礁石,在潮起潮落间编织渔网,她们不爱倾诉苦难,却将生活的艰辛轻轻咬在头巾的一角。这种隐忍与坚韧,正是海洋赋予她们的特质。

舒婷并未停留在对惠安女子外表的赞美,而是深入挖掘她们勤劳表象下的苦难与忧伤。她以"洞萧和琵琶"的意象,唤醒普遍的忧伤,这是对特定时代背景下惠安女性生存状态的反思。她们以优美的姿态成为他人眼中的风景与传奇,但这份美丽背后,是她们赤足踩过碱滩和礁石的疼痛与艰辛。在消费主义时局中,惠安女子的独特形象被商业化包装,成为一种消费符号,诗人对这种肤浅化审美现象进行了批判。

水上"吉普赛"

汤养宗

吉普赛这字眼挺新鲜挺洋气/这字眼是从电影《大篷车》上知道的/他们的大篷车是一艘连家船/他们不会呼噜呼、呼噜呼地唱那首/油腻腻的歌曲,但知道自己的日子/也飘东泊西,流来浪去

吉普赛是他们找不到码头的称谓/他们的码头又生来一个接一

个/他们像翻书一般不在一个码头长久停留/他们是晕陆人/在岸上睡觉比被出卖更心慌/命中注定他们的梦只能安排在浪间/他们身上不需要任何一根船缆

他们的人生抛锚在甲板上/一同抛锚的还有家人和酒坛/海醉后撒起酒疯叫台风/他们醉后便醉成一颠一浪的海/宁愿他们天天醉酒,海可不要醉

吉普赛人看手相是拿手戏/吉普赛人喜欢占卜未来。可他们不/他们最大的愿望是把灾难一网打尽/而风暴来时却要像鱼一样逃藏/逃藏归逃藏流浪还是要流浪/他们知道自己的船挤得下/父母,自己,婆娘,儿女/但就是挤不下一丝的忧郁

【作者简介】

见汤养宗《正月廿六,在东吾洋又见中华白海豚现身》。

【赏析】

汤养宗在海岛上出生成长,早期诗作大多是关于原生态的海边渔民生活。与那些传统诗歌对灯塔、浪花、风帆的咏唱不同,他更倾向于捕捉渔民在烈日下的劳作场景,描绘海上的狂风巨浪与海难,写渔人们在岸边烧船底,写他们作为岸上的晕陆人的醉酒,等等。如组诗《家住海边》的语言奇特新颖,探讨了漂泊者与海洋之间的精神联结。

《水上"吉普赛"》创作于1986年,描绘霞浦县沙江半岛的水上渔民的生活图景。诗歌开篇以"吉普赛"这一充满异域色彩的词汇切入,巧妙地将水上人家的漂泊生活与吉普赛人的流浪特质相联结。这种类比并非简单的文化移植,而是通过"连家船"与"大篷车"的意象叠加,创造出一个独特的文化空间。水上人家既是海洋的儿女,又是陆地的异乡人,他们的身份在流动中不断重构。诗人用"晕陆人"这一独创性词汇,精准地捕捉到

水上人家与陆地之间的疏离感。他们"在岸上睡觉比被出卖更心慌",这种心理状态折射出海洋族群对海洋文明的皈依。他们的梦"只能安排在浪间",这种宿命般的归属感,正是海洋文化最深层的精神内核。

诗歌中反复出现的"船"意象,不仅是物质载体,更是文化符号。船承载着水上人家的全部生活:家人、酒坛、梦想与命运。诗人写道:"他们的人生抛锚在甲板上。"这个"抛锚"的动作意味深长,既暗示了漂泊的宿命,又彰显了海洋族群对自由的追求。他们的船"挤得下父母,自己,婆娘,儿女/但就是挤不下一丝的忧郁",这种生存智慧体现了海洋文化中特有的豁达与坚韧。

在海洋文化的视角下,水上人家的生活呈现出一种诗意的存在方式。他们与海洋的关系不是征服与被征服,而是共生与对话。诗人通过"海醉后撒起酒疯叫台风"的拟人化描写,展现了人与海洋之间的亲密互动。这种互动超越了物质层面,上升为一种精神共鸣,体现海洋文化中流动、开放、包容的特质。

龙舟赛

结　语

　　八闽大地,向海而生。漫长曲折的海岸线,是福建人搏击风浪的舞台,也是诗人笔下永恒的诗行。那些被月光浸润的贝壳,是海洋写给陆地的情书。那些被季风磨圆的礁石,是时光镌刻的史诗残卷。当我们合上这册诗歌读本,耳畔仍回响着千年潮音——那是闽人用诗歌编织的蓝色长卷,是陆地与海洋的永恒对话。

　　从唐代欧阳詹“海日生残夜”的哲思,到明代俞大猷“剑气遥临瀚海寒”的壮怀,从宋代陈知柔“微茫岛屿青”的渔村剪影,到当代舒婷“大海的日出,引起多少英雄由衷的赞叹”的咏叹,福建诗人始终以诗为舟,在浩瀚沧溟中寻找文明的坐标。这些诗行不仅是文字的浪花,更是闽地先民与海洋博弈的史诗:渔汛期的号子声蕴藏着生存的智慧,海防烽烟中凝结着守疆的忠魂,帆影星驰间流淌着开放的胸襟。每一首海洋诗歌,都是闽人用生命书写的“海经注”,在平仄起伏中构建起独特的海洋精神谱系。

　　本书循着五条航路驶向深海:在“海洋环境”章节里,我们触摸到福州、泉州城的潮痕与漳州月港的沧桑;“渔盐生活”的咸涩叙事中,既有讨海人对渔汛丰收的喜悦,也有盐民劳作及飓风破坏的悲伤;“航海与文化交流”的诗行如郑和宝船遗落的罗盘,指向琉球册封舟的光泽与南洋香料的氤氲;“海防诗篇”则似闽安古镇的铳台,回响着戚继光“封侯非我意”的赤诚与林则徐保家卫国的豪壮;而“海洋民俗”中的妈祖颂歌与送王船鼓点,恰似永不熄灭的渔火,照亮了闽人对海洋的敬畏与诗性想象。这些多维度的书写,共同织就了福建海洋文化的基因图谱。

　　在编选过程中,我们如采珠人潜入时光之海,官修典籍中的七律与渔舟唱晚的咸水歌谣,士大夫的航海赋与连家船的讨海调,在文本的碰撞中显影出完整的海洋文明生态。那些被正史忽略的渔家智慧、被浪涛湮没的舟子悲欢,都在诗行间重新浮出水面。霞浦滩涂上的竿影,泉州湾里的宋元沉船,福州马尾的船政风云——当地理坐标与诗歌意象交叠,福建的海洋记忆便以立体的方式重生。

今日重读这些蓝色诗篇,不仅是为了打捞历史的贝阙珠宫,更是为了寻找通向未来的航标。当"海上福建"建设激荡新潮,当"碧海银滩"成为生态文明的注脚,这些穿越时空的诗行依然涌动着澎湃的生命力。它们提醒我们:真正的海洋意识不仅是征服沧溟的勇气,更是敬畏自然的情怀;不仅是经略蓝海的雄心,更是陆海共生的智慧。那些渔歌里的生态密码、海防诗中的家国精神、航海赋里的开放基因,正与当代"海洋命运共同体"的理念遥相共鸣。

长风万里送归舟,诗卷长留沧海心。愿这本海洋诗歌读本成为一粒火种,点燃读者对海洋文明的认知与热爱。这些浸润着咸涩与温情的诗篇,将永远是人类精神海洋中不灭的灯塔。让我们以诗为舟,继续在浩瀚的文明沧海中探索前行,让福建的海洋精神在新时代绽放出更加璀璨的光芒。

书稿付梓之际,衷心感谢福建省社科联、集美大学海洋文化与法律学院对这项研究的支持与资助,感谢学院领导和老师们的关心和帮助,感谢曲金良教授和夏敏教授的指导,感谢庄莉红老师提供图片资料!

本书编写时参考了学术界的诸多研究成果,限于体例,未能一一注明,在此谨向各位作者致以真诚的谢意!